UN COUP D'AVANCE !

Ce livre n'est pas un livre d'histoire, mais plutôt un livre d'histoires.

Ce livre n'est pas un livre d'échecs mais un livre sur le jeu d'échecs.

Ce livre n'est pas une étude sociologique ou philosophique mais un éclairage sur la société humaine.

Ce livre n'apporte pas de certitudes sur notre futur mais une vision de ce qu'il pourrait être.

Ce livre est une enquête.

Ce livre est une plongée dans l'histoire des échecs, ce qu'ils ont représenté et représentent toujours aujourd'hui.

Ce livre est une mise en exergue des liens étroits que la société humaine entretient avec ce jeu.

Ce livre est une recherche de réponses aux questions que l'on peut se poser sur l'évolution de la société contemporaine en cette période de révolution digitale.

Jean-Marc Pailhol

Mathilde Choisy Bachar Kouatly

Un coup d'avance !

ECONOMICA
49, rue Héricart, 75015 Paris

Remerciements

Merci à notre éditeur, Jean Pavlevski, qui nous a accompagnés et motivés dès le départ de ce projet.

Merci à Georges et Marianne Bertola et à Hugo Choisy pour leur expertise et leurs conseils.

Merci à Europe Échecs et à Sami Kouatly, Anne Geritzen et Benjamin Daiguson pour leur apport technologique.

Merci à Dominique Roux, Philippe Mouttou pour leurs remarques éclairées.

Merci à nos familles qui nous ont supportés et soutenus durant tous ces week-ends et vacances passés à rédiger cet ouvrage.

Merci à Blandine, Matthieu, Numa et Charlie Pailhol qui par l'exemple de leur vie au quotidien et leurs remarques et suggestions pertinentes et parfois acerbes, nous ont permis de mieux comprendre et de mieux sentir les attentes et les besoins de la nouvelle génération digitale.

Avant-propos

1997 : « l'humiliation[1] » !

1997 : *Europe Échecs* fait la Une de son magazine sur **la défaite du champion du monde d'échecs, Garry Kasparov, contre Deep Blue.**

Cette victoire est un véritable coup de tonnerre à la fois dans le monde des échecs, mais aussi pour l'ensemble de la planète. Cette victoire de l'intelligence de la machine sur l'intelligence humaine marque la naissance d'une nouvelle « espèce » d'ordinateurs, plus puissants, plus rapides, et surtout plus intelligents. *The Guardian* parle pour la première de fois de « computerkind[2] ». Il joue à fond sur l'analogie avec les espèces vivantes et plus encore avec l'espèce humaine. Ce succès de la machine sur l'Homme dans le monde des échecs est particulièrement symbolique. Il marque le début du chemin qui va mener vers l'intelligence artificielle et surtout l'origine de ce que l'on va bientôt appeler la « Révolution Digitale ».

Ce moment, aussi spectaculaire qu'inattendu, constitue en fait une nouvelle étape dans la très longue histoire croisée des échecs et de l'humanité. En effet, depuis le VIe siècle, les échecs entretiennent une relation étroite et intime avec l'évolution géopolitique et technologique de la société humaine. La « petite histoire » des échecs rencontre très souvent voire parfois précède la « grande histoire » de l'humanité.

D'ailleurs, comment pourrait-il en être autrement puisque l'on parle d'un jeu qui, dès son origine au VIe siècle de notre ère, représente symboliquement la société humaine et sa gouvernance.

1. *Europe Échecs* n° 457, juin 1997.
2. *The Guardian*, 12 mai 1997.

L'échiquier représenterait la cosmogonie indienne et les pièces, la puissance de l'armée perse. Inde et Perse, les deux régions de naissance des échecs.

Les échecs sont donc joués depuis plus de mille ans sur tous les continents, et aujourd'hui présents dans tous les pays du monde. Par ailleurs, si leur pratique était initialement réservée à une élite, « le Roi des jeux, le jeu des Rois », les échecs ont réussi à devenir, partout sur la planète, populaires sans vulgarisation.

En outre, les échecs sont devenus un langage universel, symbole de l'inclusion. Quel que soit le genre, la couleur de peau, l'origine ethnique, le niveau social, les handicaps physiques, dès lors qu'un échiquier est physiquement ou virtuellement accessible, chacun peut se mesurer à égalité de chances. La seule différence entre les deux joueurs qui s'affrontent n'est dès lors plus que leur expertise, leur expérience ou leur vitesse de calcul.

Le jeu d'échecs est considéré comme un art, une science et un sport de combat intellectuel et physique qui parle indifféremment aux politiques, aux artistes, aux chercheurs et aux simples mortels. Mais surtout, les échecs ont réussi à devenir au fil du temps une sorte de mètre étalon, un symbole de l'intelligence humaine et désormais la matrice de l'intelligence artificielle. Un fantastique laboratoire de développement de nouvelles théories morales, sociétales ou technologiques, et même une vedette de cinéma, des médias, de la publicité, des plateformes et des réseaux sociaux. Le jeu d'échecs est en quelque sorte un véritable patrimoine de l'humanité.

Les échecs parlent de la société et parlent à la société, ils sont un véritable miroir de son évolution. De l'Empire arabe à la guerre froide et à l'emprise des GAFAM[3], ils témoignent des prises de pouvoir économique et politique successives et des grands moments de notre histoire. Ils nous permettent aussi de mieux en comprendre le sens et de nous projeter sur l'avenir. Un avenir d'autant plus difficile à lire que, depuis 1997 et le début de la

3. Google, Apple, Facebook, Amazon, Microsoft.

révolution digitale, notre monde est entré dans une complexité, une instabilité et une effervescence génératrices, de peurs et de questionnements.

Finalement, cette imbrication étroite entre échecs et société humaine doit nous permettre, au travers de l'analyse des dernières évolutions du monde des échecs, d'apporter un éclairage nouveau aux défis que pose la révolution digitale.

Quel impact sur le modèle éducatif ? Que signifie vraiment l'IA, l'Intelligence Artificielle ou l'Intelligence Augmentée ? Comment vivre avec son temps ? Comment coexister avec cette nouvelle espèce d'humains mutants, les « digital natives » plus communément appelés « millenials » ? La globalisation et la digitalisation de notre monde sont-elles porteuses d'espoirs ou de craintes ?

Autant de questions auxquelles les échecs permettent aujourd'hui d'apporter des éléments de réponse pour avoir, enfin, « un coup d'avance ».

Chapitre 1

Les échecs, patrimoine de l'humanité

Le jeu d'échecs est universel et global, il est pratiqué partout dans le monde avec les mêmes règles. Il nécessite seulement un plateau de jeu et des pièces. Il est un langage commun qui traverse le temps et l'espace.

Le jeu d'échecs est accessible à tous, indépendamment du statut social, de l'origine ethnique, de la langue parlée, du genre, de la condition physique ou du niveau de revenu. Un aveugle peut jouer avec un voyant, un Africain avec un Chinois, un riche avec un pauvre, un valide avec un handicapé, un professeur d'université et un écolier. Il suffit d'observer qui s'assoit aux tables à Times Square pour voir qu'autour d'une table d'échecs il n'y a de différence que le niveau de maîtrise du jeu.

En cela, les échecs témoignent de la transformation possible de la société vers un dépassement des clivages toujours plus grand. C'est d'ailleurs ce que l'Organisation des Nations Unies (ONU) a confirmé lorsqu'elle a décrété le 20 juillet « Journée mondiale du jeu d'échecs »[4]. Selon les mots mêmes de l'ONU : « Le jeu d'échecs permet le renforcement de l'éducation, de l'égalité des genres et de l'avancement des femmes et des filles dans la société ainsi que de l'inclusion, la tolérance, la compréhension mutuelle et le respect ». Cette déclaration reconnaît ainsi le rôle majeur du jeu d'échecs dans l'évolution des principaux enjeux du monde contemporain !

Grâce à cette universalité, les échecs ont également inspiré toutes les composantes de la culture humaine et y sont totalement

---

4. Résolution A/RES/74/22 adoptée par l'Assemblée générale de l'ONU le 12 décembre 2019.

imbriqués. Le jeu d'échecs est à la fois art, sport, science, divertissement et lien social. Pour Tigran Petrosian, « le jeu d'échecs est un jeu par sa forme, un art par son essence et une science par sa difficulté d'acquisition. Il peut vous procurer autant de plaisir qu'un bon livre ou une belle musique, mais vous n'aurez une réelle joie que si vous arrivez à bien jouer ».

1.1 Les échecs, un art

Certains des plus grands champions ont une vision noble du jeu d'échecs. Ils le considèrent comme un art en raison de la créativité et de l'expression personnelle qu'il permet aux joueurs. Pour Alexandre Alekhine, « un maître d'échecs remarquable et talentueux n'a pas seulement le droit, mais aussi le devoir de se considérer comme un artiste ». Quelques décennies plus tard, Garry Kasparov confessa, en août 1999 : « Au fond de moi, je me sens être un artiste... mais il faut que je gagne ! ». Encore aujourd'hui, les grands joueurs d'échecs sont salués pour leur style particulier, leur approche unique et leur capacité à trouver des solutions innovantes aux problèmes posés par le plateau de jeu. Certaines parties d'échecs sont considérées comme des œuvres d'art en elles-mêmes, avec des séquences de coups élégantes et des combinaisons de pièces complexes qui peuvent être appréciées pour leur beauté esthétique.

Les échecs ont inspiré nombre d'artistes et d'écrivains au fil des ans, de Jean Hortat au XVe siècle avec son vitrail *Les joueurs d'échecs* jusqu'au célèbre tableau *Les Joueurs d'échecs* de Marcel Duchamp, par ailleurs lui-même excellent joueur qui disait que « si tous les artistes ne sont pas des joueurs d'échecs, tous les joueurs d'échecs sont des artistes ». Les peintres ont fait la part belle aux échecs, symbole, selon le cas, d'amour courtois ou de stratégie guerrière. *Le Joueur d'échecs* de Stefan Zweig ou *La Défense Loujine* de Vladimir Nabokov en sont des exemples marquants dans la littérature. Chez les compositeurs de musique, le plus remarquable est certainement François-André Danican dit Philidor qui fut champion de monde de sa génération au

XVIIIe siècle et compositeur d'opéra à succès. Il a sa statue au frontispice de l'Opéra Garnier à Paris.

Les échecs ont aussi été le thème de nombre de films dans le monde depuis l'origine du cinéma. Pour n'en citer que quelques-uns, La Fièvre des échecs de Poudovkine et Shpikovsky en 1925, *Le Septième Sceau* d'Ingmar Bergman en 1957, *Les Joueurs d'échecs* de Satyajit Ray en 1977, *La Défense Loujine* de Marleen Gorris en 2001, *Queen of Katwe* de Mira Nair en 2016 produit par Walt Disney et bien sûr la troisième série la plus populaire sur Netflix *The Queen's Gambit*. Et que dire des plus de trois cents films dont les protagonistes jouent une partie d'échecs qui peut parfois devenir mythique, de *L'Affaire Thomas Crown* à *Harry Potter à l'école des sorciers* en passant, bien sûr, par *2001, l'Odyssée de l'espace* ou *Sherlock Holmes*.

Deux films majeurs peuvent néanmoins être mis en exergue de manière particulière, *Blade Runner* et *Kingdom of Heaven* de Ridley Scott.

Dans *Kingdom of Heaven*, le jeu d'échecs prend toute sa dimension sociale et morale, voire sa portée inclusive. Le jeune roi de Jérusalem, lépreux et en fin de vie, utilise la parabole des échecs pour expliquer à Balian, nouveau chevalier fraîchement arrivé en Terre sainte et en pleine possession de ses moyens, le sens de la vie et la différence majeure entre éthique individuelle et morale collective. Même si un roi peut déplacer son pion, « quel que soit le jeu, quel que soit ton adversaire, tu es le seul gardien de ton âme ». Chaque personne est aux ordres d'un roi, mais est libre de ses choix finaux.

Comme souvent, en matière de science-fiction, les romanciers ou les scénaristes sont des visionnaires. C'est le cas de Ridley Scott dans son film devenu mythique *Blade Runner* en 1982. Et ce, à double titre ! Dans ce film, les échecs sont au cœur du scénario. Le « réplicant »[5] bat son créateur de génie et démontre ainsi que son intelligence artificielle dépasse désormais celle de son créateur humain. Les mouvements présentés dans cette

5. Terme inventé par Ridley Scott dans la préparation du film *Blade Runner* pour définir des robots répliques d'êtres humains.

scène qui reproduisent **la fin de « l'Immortelle », la célèbre partie du XIXe siècle entre Adolf Anderssen et Lionel Kieseritzky**, annoncent avec quinze ans d'avance la déflagration de 1997. Ce combat symbolise avec beaucoup de prescience les sujets éthiques qui animent aujourd'hui les principaux acteurs et promoteurs de l'Intelligence Artificielle (IA) : la supériorité potentielle de l'intelligence informatique sur l'intelligence humaine et les questions que posent l'émergence de l'IA et sa coexistence avec l'humanité dans tous les sens du terme.

Même si la publicité ne peut être considérée comme un art, il est néanmoins notable de constater que les échecs y sont aujourd'hui entrés de plain-pied. Ils sont devenus un support publicitaire porteur, quel que soit le public, son âge, son origine, son statut social, mais toujours en exploitant les marqueurs sociaux universels du jeu d'échecs : le combat, l'art, la stratégie, la courtoisie, la beauté et l'intelligence.

De la pub de Pepsi lors du Superbowl 2001 mettant en scène Kasparov mis échec et mat par la machine, à la pub de Louis Vuitton représentant Ronaldo et Messi jouant aux échecs sur une valise de cette marque à l'occasion de la coupe du monde de football au Qatar, le jeu d'échecs accompagne les marques lors des plus grands événements mondiaux. Il supporte aussi la communication d'autres grandes marques mondiales comme Expedia, Vittel, Playstation ou encore Stellantis pour sa Peugeot 2008 full électrique. La publicité d'Uniqlo qui montre Roger Federer jouant aux échecs à Washington Square avec un réfugié ougandais, Tani Adewumi, capitalise à la fois sur l'inclusivité du jeu et son aspect sportif. Elle utilise également le jeu pour souligner les problèmes qu'affronte la société aujourd'hui en matière d'immigration et de conflit de générations.

Le caractère global de ces entreprises, leur diversité et l'axe créatif très digital et très moderne exploité démontrent à la fois l'impact mondial du jeu d'échecs et sa totale intégration dans le monde digital global sans galvanisation aucune de son capital d'universalité et d'intelligence.

1.2 Les échecs, une science

Dans les échecs, comme dans le monde qui nous entoure, le cadre est défini, mais les possibilités sont infinies. Ainsi, les probabilités nous démontrent qu'il y a plus de parties possibles dans les échecs que d'atomes dans l'univers observable. C'est pourquoi, l'humanité a toujours été à la recherche de la connaissance des objets et des phénomènes qui l'entourent, comme le monde des échecs a toujours été à la recherche de la connaissance, des principes et des règles qui dirigent le jeu.

Le jeu d'échecs repose sur un ensemble de règles de déplacements des pièces précis et universels, au même titre qu'en mathématiques, par exemple le 1 + 1 = 2 est considéré comme acquis, les règles des déplacements des pièces sont immuables. Les joueurs, comme les mathématiciens, doivent les respecter et les appliquer. Elles constituent les axiomes fondateurs. C'est sur la base de ces axiomes que sont développées, par l'expérience et l'empirisme, des lois fondamentales qui permettent de mieux comprendre le monde qui nous entoure et le monde des échecs. Le contrôle du centre de l'échiquier, la protection du Roi et la progression coordonnée des pièces, lois énoncées par Nimzowitsch dans *Mon système* en 1925, sont en quelque sorte le miroir des lois de Mendel ou des lois de l'évolution de Darwin. Ces lois constituent la fondation de la recherche pour mieux comprendre le jeu.

Sur la base de ces axiomes et de ces lois, la succession d'expérimentations au fil des siècles, a permis de développer une « théorie scientifique échiquéenne » nourrie de l'histoire des parties successives menées par les champions depuis Ruy Lopez.

Cette riche théorie englobe des milliers d'ouvertures, de plans stratégiques et de motifs tactiques. Au même titre que le scientifique lors de sa formation, lors des phases d'entraînement, les joueurs étudient les « travaux » des Grands Maîtres passés et présents pour approfondir leur compréhension du jeu. Ils analysent des parties historiques et contemporaines, étudient les ouvrages théoriques et utilisent des bases de données pour examiner des milliers de parties enregistrées. Cette recherche intense et continue pour produire de nouvelles idées et faire évoluer la théorie actuelle correspond parfaitement là encore à l'approche scientifique consistant à étudier les travaux précédents, à formuler des hypothèses et à les tester pour développer de nouvelles connaissances.

Lors des parties, les joueurs observent l'échiquier, identifient les motifs et les relations entre les pièces. Ils utilisent l'état de leurs connaissances pour formuler des hypothèses sur les meilleurs coups à venir appelés « coups candidats ». Ils expérimentent différentes séquences de mouvements et évaluent les résultats en fonction des probabilités de succès de la position quelques coups après leurs prédictions. Cela nécessite une compréhension des probabilités, de l'analyse des risques et de la prise de décision rationnelle, qui sont des concepts scientifiques fondamentaux. Comme l'a dit le Grand Maître et ancien champion du monde Max Euwe, lui-même mathématicien et informaticien : « Les échecs sont une question d'évaluation précise, basée sur une logique scientifique ».

Plus récemment, les avancées technologiques, en particulier l'intelligence artificielle et les super-ordinateurs, ont eu un impact significatif sur la science des échecs. Des théories, et même certaines lois, ont été remises en question par Deep Blue et AlphaZero. Ces modules informatiques ont bien sûr battu des champions du monde, mais ils ont surtout contribué à l'élaboration de nouvelles idées et stratégies de jeu. Il y a fort à parier que le développement de l'IA et de la puissance de calcul des ordinateurs auront le même impact sur des théories, axiomes ou lois scientifiques dans un avenir proche.

En outre, l'apparition du jeu en ligne avec la possibilité de jouer des milliers de parties rapides face à des adversaires de tous horizons a systématisé une approche de « test and learn ». Un marqueur fort de notre époque. En intégrant ce concept moderne et digital, le jeu d'échecs devient un processus itératif et évolutif au même titre que la recherche scientifique. Après chaque partie, les joueurs d'échecs analysent leurs erreurs et leurs réussites afin d'identifier les leçons à en tirer. Ils examinent les moments clés, les décisions cruciales et les conséquences des différents coups, avec l'aide d'experts et des modules d'analyse. Cette réflexion critique et l'analyse *post-mortem* des parties sont des éléments essentiels du processus « test and learn ». Les joueurs cherchent à comprendre ce qui a fonctionné et ce qui n'a pas fonctionné afin d'améliorer continuellement leur jeu. Cette capacité nouvelle à expérimenter, à s'adapter et à apprendre de l'expérience est un aspect clé des méthodes scientifiques contemporaines fondées sur une simulation digitale.

Cette approche systématique et analytique qui implique l'observation, l'expérimentation, l'élaboration d'hypothèses sur les meilleures stratégies à adopter et la vérification des résultats par le jeu ou l'aide informatique, se rapproche totalement de la démarche scientifique. Dans les sciences aussi, l'historisation et l'usage des data, les outils de simulation, les outils de prédiction et l'IA ont pris une place privilégiée pour accompagner la recherche humaine.

1.3 Les échecs, un sport

Les échecs sont-ils un sport ? Qui mieux que le Comité International Olympique (CIO) est capable de répondre à cette question ? Au même titre que le football, le badminton, l'aviron ou le tennis, en 1999, lors de sa 109ᵉ session à Lausanne, le CIO a accordé à la FIDE le statut de membre affilié, faisant des échecs une fédération sportive reconnue par l'instance olympique.

Cette reconnaissance est fondée sur le respect des règles essentielles préétablies par le CIO, à savoir l'existence d'une fédération internationale, le respect du Code mondial antidopage, la conformité aux règles de la Charte Olympique et au Code du Mouvement Olympique sur la prévention des manipulations des compétitions.

Bientôt centenaire, la FIDE a été fondée en 1924 à Paris par Pierre Vincent. Elle couvre aujourd'hui 199 fédérations[6] dans le monde dont l'immense majorité est individuellement reconnue par le Comité National Olympique de chacun des pays. Elle se classe ainsi dans le top 10 des fédérations sportives les plus universelles. La FIDE veille au respect de l'égalité des chances entre joueurs lors des compétitions. Ainsi, l'Agence Mondiale Antidopage procède, depuis 2001, comme dans les autres sports, à des contrôles antidopages inopinés lors des grands championnats. La FIDE veille également au fair play entre adversaires et au respect du Code du Mouvement Olympique sur la prévention des manipulations des compétitions, il est, par exemple, interdit de quitter l'aire de jeu au cours d'une partie ou de disposer de n'importe quel objet potentiellement connecté pour éviter la transmission de signaux.

En effet, chaque mouvement du jeu d'échecs peut être traduit par un code avec une initiale de la pièce, une lettre et un chiffre (par exemple Fou en e2 = Fe2). Il est ainsi aisé d'envoyer une information à un joueur. Au-delà de la tricherie traditionnelle par signes, la puissance récente des outils informatiques peut entraîner une tricherie digitale. D'ailleurs, tous les médias mondiaux se sont fait l'écho de l'affaire Niemann, accusé par le champion du monde Magnus Carlsen de tricher par assistance électronique. Cela a d'ailleurs donné lieu aux hypothèses les plus farfelues sur le positionnement du capteur dans le corps de Niemann. Plus sérieusement, le Français Sébastien Feller et deux de ses complices ont été condamnés à six mois de prison avec sursis et une lourde amende pour une fraude pendant les Olympiades 2010. Plus récemment, Igors Rausis a été banni six ans et a perdu son titre de Grand Maître[7] pour avoir triché avec son téléphone lors d'une pause. Ces deux exemples démontrent bien le sérieux de la lutte anti-fraude de la FIDE et que tricher avec l'intelligence peut être sanctionné plus durement que tricher physiologiquement ou mécaniquement.

6. https://www.fide.com/fide/about-fide, le 27 octobre 2023.
7. FIDE Ethics commission, case n.8/2019, 5 décembre 2019.

Au-delà, de la reconnaissance officielle du CIO, d'autres raisons objectives font que le jeu d'échecs est indiscutablement un sport.

Tout d'abord, les règles du jeu sont indiscutables et indiscutées. Depuis la seconde moitié du XIXe siècle, ces règles sont définies, figées et admises par tous dans le monde entier. Comme dans les sports collectifs, le terrain de jeu est normé, le matériel est le même partout et chaque pièce est toujours positionnée sur la même case en début de partie. Les modalités de jeu sont identiques, à une question de jeu répond une question de jeu dans un débat permanent jusqu'à la fin de la partie. Enfin, le lancement du jeu est toujours initié par les pièces blanches.

D'autre part, l'organisation des compétitions d'échecs est institutionnalisée. Le championnat du monde d'échecs existe depuis 1886 et la FIDE en a organisé les modalités de fonctionnement en 1948. De même, la FIDE organise, depuis 1924, les Olympiades qui regroupent les meilleures équipes nationales de toutes les fédérations adhérentes sans aucune contrainte de niveau, ce qui démontre une nouvelle fois le caractère intégratif des échecs. Des championnats continentaux et nationaux sont organisés annuellement pour identifier les meilleurs joueurs. Peu de sports sont régis de manière aussi formelle depuis autant de temps. Cette organisation très structurée est la conséquence de l'aspect sportif des échecs et de l'aspect scientifique inhérent au jeu.

Les joueurs d'échecs bénéficient d'un système de classement universellement reconnu et normé. Les échecs sont une nouvelle fois précurseurs du système de classement de très nombreux sports traditionnels ou digitaux. En effet, initialisé en 1960 par le Hongrois Arpad Elo, le classement des joueurs d'échecs, adopté en 1970 par la FIDE, constitue aujourd'hui la base de référence pour tous les joueurs dans le monde en face-à-face et en ligne. Aussi efficace qu'indiscutable puisque fondé sur le principe mathématique de la loi normale, il est tellement performant qu'il sert aujourd'hui de base à beaucoup d'autres disciplines sportives encore plus populaires et médiatiques. Ainsi l'évaluation des joueurs de baseball, de basketball, de golf, de football américain et plus récemment des joueurs de League of Legends est réalisée sur la base du système de classement Elo[8].

Enfin, comme tout sport, le jeu d'échecs a un aspect physique majeur. Ainsi, Anatoly Karpov et Vladimir Kramnik ont chacun perdu dix kilos lors de leur match de championnat du monde respectif face à Garry Kasparov conduisant à faire de la préparation physique un élément majeur de la préparation des grandes échéances. Les différentes études menées par les scientifiques pour mesurer la dépense énergétique au cours des parties démontrent qu'un joueur participant à un tournoi d'échecs peut brûler jusqu'à six mille calories par jour ou qu'une partie de deux heures équivaut à une dépense de six cents calories.

Même si ces chiffres peuvent paraître surprenants, ils sont justifiés par le fait que le niveau de stress mental auquel est soumis un joueur d'échecs pendant une partie ou une compétition entraîne une hausse de la fréquence cardiaque. La fréquence cardiaque de plusieurs Grands Maîtres a ainsi été mesurée à plus de cent-soixante battements par minute, ce qui induit une dépense énergétique considérable. Comme pour tout sportif de haut niveau, il est donc essentiel pour un joueur d'échecs de pouvoir maîtriser son rythme cardiaque, baisser sa consommation de calories. Magnus Carlsen en est un exemple. La dimension physique qu'il met dans son jeu est ainsi soutenue par des performances cardiaques remarquables, liées à la pratique intensive d'autres sports.

Les échecs sont donc définitivement un sport et d'ailleurs si l'on en croit le champion du monde Garry Kasparov : « Il n'y a pas de sport plus violent que les échecs ».

1.4 Les échecs, symbole moderne d'intelligence

Le jeu d'échecs a d'abord été un outil d'apprentissage de la stratégie militaire et politique, un guide de moralité des gouvernants autant qu'un jeu de loisir et un sport intellectuel. Puis, les échecs sont devenus un véritable marqueur sociologique, du fait

8. Système inventé par Aspard Elo un professeur de physique d'origine hongroise.

de leur relation étroite et historique avec les cours européennes, les cercles intellectuels, les grands penseurs, les scientifiques, et même certaines puissances économiques ou politiques qui en ont fait un enjeu et un outil de *soft power*. Portés par le poids croissant de la communication et l'influence de plus en plus forte des médias dans le monde post-révolution industrielle, les échecs sont ainsi devenus un véritable symbole objectif d'intelligence dans l'inconscient collectif contemporain.

Dans un monde où l'image est devenue primordiale jusqu'à son omniprésence dans notre vie quotidienne, le jeu d'échecs a réussi l'exploit de devenir une sorte d'étalon universel de la puissance de l'esprit. Jouer aux échecs est une sorte de CV intellectuel qui génère le respect et la considération auprès de la population et cautionne le niveau intellectuel d'une personne. Au-delà d'un niveau ou d'un classement, le simple fait d'être un joueur d'échecs crée une aura bien utile à l'image d'un artiste, d'un sportif, d'un scientifique ou d'un politique. La pratique du jeu d'échecs le positionne ainsi sur le plan intellectuel et crédibilise sa fonction ou sa position.

Qu'ils aient été eux-mêmes champions, joueurs avertis, ou simples amateurs, voire étrangers à la pratique du jeu, nombre de personnalités du XXe siècle ou du XXIe siècle ont associé leur image au jeu d'échecs. Ils se sont volontairement mis en scène. De la même manière, les médias ont très régulièrement exploité la symbolique échiquéenne pour cautionner le génie présumé de tel ou tel acteur de la vie sociale ou la puissance stratégique de tel pays, leader politique ou entreprise. Aucun secteur de la société n'y échappe.

Ainsi, pour n'en citer que quelques exemples, sur le plan politique, Lénine et Alexandre Bogdanov, deux des leaders bolcheviques, pratiquants assidus, se mettent déjà en scène au début du XXe siècle devant les photographes à Capri en train de s'affronter. Le Che, excellent joueur, a su utiliser les échecs à des fins de propagande. Il a œuvré auprès du gouvernement cubain pour l'organisation d'un grand tournoi d'échecs, le Memorial

Capablanca, devenu, en son temps, le tournoi le mieux payé au monde. Il a également aidé à organiser l'Olympiade de La Havane en 1966, mais il s'est aussi régulièrement prêté volontairement à la pose devant l'appareil de reporters pour promouvoir le jeu et certainement aussi son image de « révolutionnaire des échecs ». En 2016, Ban Ki-moon arrivant à la fin de son mandat, accepte une longue interview d'un grand magazine européen faisant le point sur son action à la tête de l'ONU. La photo le représente bien sûr au palais Coburg à Vienne devant un superbe échiquier, symbole d'intelligence et de stratégie. Le plus intéressant est que l'article ne traite en rien des échecs, mais titre en référence au jeu : « Ça ressemble à ma vie »[9].

Et que dire de Ronald Reagan ou de Donald Trump prenant la pose en face d'un échiquier devant les journalistes ? Souhaitaient-ils donner d'eux-mêmes une image de stratège, voire d'intellectuel ? Image bien utile lorsque vous êtes un ancien acteur ou un tycoon milliardaire, présentateur d'émissions de télé-réalité prétendant à l'investiture suprême aux États-Unis... Quant à Vladimir Poutine, fort de ses qualités de joueur averti et d'une habile propagande, il a indiscutablement attaché son image à celle d'un joueur retors et sans scrupule visant la victoire par échec et mat sur tous ses adversaires. Cette propagande a été tellement efficace que le nombre d'articles, de caricatures le présentant en joueur d'échecs est pléthorique. Ou comment faire peur à ses détracteurs ou à ses opposants en leur laissant croire que vous avez dix coups d'avance.

Bien sûr, nous l'avons déjà abordé plus haut, le cinéma a également largement contribué à renforcer l'image des échecs dans l'inconscient collectif de l'humanité, mais on peut être surpris de voir certains acteurs se faire immortaliser à dessein devant un jeu d'échecs. La question est de savoir qui de l'acteur ou du journaliste en a eu le premier l'idée. Les deux plus intéressants sont certainement Silvester Stallone et Arnold Schwarzenegger. Deux des acteurs les plus *bankables*, deux des plus gros bras du cinéma

9. Olivier O'Mahony, « Ban Ki-Moon : un stratège très discret », *Paris Match*, 5 septembre 2016.

contemporain, au sens propre et au figuré, l'un et l'autre ayant très probablement besoin d'ajouter à leurs capacités physiques indiscutables, le témoignage de leurs capacités intellectuelles. Stallone s'est ainsi mis en scène en train de jouer face à Mr. T, un autre acteur très physique dans une publicité pour *Rocky III*. Cette photo est devenue mythique pour ses fans bien qu'il n'ait pas la réputation d'être un véritable joueur. Arnold Schwarzenegger, à l'inverse, est lui un pratiquant assidu. Il est même un véritable promoteur du jeu aux États-Unis et dans le monde. Les échecs semblent ainsi être pour lui un plaisir, il joue apparemment quotidiennement, ils sont aussi un outil promotionnel personnel, son compte X (ex-Twitter) aux 5,2 millions d'abonnés l'a régulièrement montré jouant aux échecs. Mais ils constituent aussi très probablement un moyen de communication politique puissant au travers de la promotion de documentaires comme *Brooklyn Castle* en 2012, montrant les échecs comme outil d'intégration et de promotion sociale, un thème majeur pour les démocrates américains. C'est ce que démontre son tweet à Kasparov : « *Thanks for always giving back and teaching chess to kids. Because of your inspiration, chess is part of our after-school programs. Now we have youth chess at every @ArnoldSports festival around the world. I hope to catch up soon & learn more!*[10] ».

Certains des plus grands leaders de la révolution digitale sont également présentés dans les médias sous l'angle des échecs. Cet angle de communication contribue ainsi à renforcer leur image de génie de l'informatique ou des affaires et participe directement à donner aux échecs une notoriété et une modernité digitale en renforçant son statut de symbole d'intelligence.

Il en est ainsi de Jeff Bezos, fondateur d'Amazon, de Steve Jobs qu'il n'est pas besoin de présenter, de Bill Gates cofondateur de Microsoft, ou encore de Mark Zuckerberg cofondateur de Meta. Selon la légende, ce dernier aurait d'ailleurs utilisé la formule

10. *Merci d'être toujours généreux et d'apprendre les échecs aux enfants. Grâce à votre inspiration, les échecs sont partie prenante de nos programmes extrascolaires. Maintenant, nous avons l'activité échecs pour les jeunes à chaque festival @ArnoldSports dans le monde. J'espère que nous nous verrons bientôt et en apprendre davantage !*

Elo pour classer les filles de son campus dans « Facemash » le prédécesseur de Facebook ! Toujours le concernant, l'article paru en France dans le magazine *Le Point* en 2019, lors d'une réorganisation majeure de l'entreprise titrait d'ailleurs en une : « Chris Cox, le partenaire de jeu d›échecs de Mark Zuckerberg, quitte Facebook »[11]. Ce que le journaliste retient ici est bien cette complicité échiquéenne, comme si ce départ allait fragiliser le niveau intellectuel de la société ou la qualité de sa stratégie future. Enfin, que dire de Peter Thiel cofondateur de Paypal. Vrai champion d'échecs, il est, avec le titre de Maître, l'un des 20 000 meilleurs joueurs mondiaux. Surnommé par certains médias « le cavalier solitaire de la Silicon Valley », sa réussite est irrémédiablement liée à ses capacités de mathématicien et à son niveau aux échecs. Comme si être un grand joueur d'échecs était l'une des explications majeures de son succès. Ne dit-il pas d'ailleurs lui-même dans son livre *De zéro à un* : « Quand on crée une start-up, comme aux échecs, aucune place ne doit être laissée au hasard ».

Enfin, parce que les échecs sont le symbole d'intelligence dans le monde contemporain, il n'était évidemment pas possible que les deux plus grands esprits du XXe siècle en termes de popularité ne se soient pas affrontés aux échecs. « On ne prête qu'aux riches » dit-on ! **Même si finalement, personne ne sait de manière certaine, si la partie opposant Albert Einstein et J. Robert Oppenheimer a vraiment eu lieu, ce qui est certain, c'est qu'elle est devenue un véritable mythe**. Elle a susciter des milliers de discussions sur les réseaux sociaux, des milliers d'analyses, de commentaires et des millions de personnes se sont amusés à la rejouer et à l'étudier, peut-être pour s'approcher un peu du soleil intellectuel.

11. Guillaume Grallet, « Chris Cox, le partenaire de jeu d'échecs de Mark Zuckerberg, quitte Facebook », *Le Point*, 16 mars 2019.

Chapitre 2

Les échecs, miroir de la société

2.1 Jeu d'échecs, jeux de pouvoirs

Les règles des échecs sont aujourd'hui les mêmes dans le monde entier. Néanmoins, cela n'a pas toujours été le cas. Le contexte d'évolution de ces règles et les changements de dénomination des pièces, selon les époques, les pays ou les cultures, démontrent clairement l'imbrication des échecs avec l'évolution des principes fondamentaux et des règles morales et sociétales dans l'histoire.

2.1.1 Reine de Castille, Reine du jeu

Prenons par exemple la Dame, dénommée Reine dans les pays anglo-saxons. Si le nom de cette pièce et son rôle majeur semblent aujourd'hui évidents dans les pays occidentaux, cela n'a pourtant pas toujours été le cas. En effet, à l'origine, la Reine se nommait Vizir (ferz), comme c'est d'ailleurs toujours le cas en Orient et dans nombre d'autres pays.

Dans les pays occidentaux, la Reine ou la Dame remplace le Vizir dès le Xe siècle, comme en témoigne le jeu d'échecs dit « de Charlemagne » conservé à la Bibliothèque nationale de France. Cette émergence de la « courtoisie occidentale » dans un jeu de stratégie militaire accompagne remarquablement l'émergence de « l'amour courtois » et des règles chevaleresques de respect et d'honnêteté qui se construisent à la cour d'Aliénor d'Aquitaine et se répandent rapidement dans toute l'Europe. Il s'agit, pourrait-on dire, d'une première féminisation du jeu d'échecs en Europe.

Néanmoins, à cette époque, la Reine n'est pas encore la pièce la plus puissante du jeu d'échecs, c'est même la plus faible. Au

Xe siècle, cette dernière se déplace uniquement d'une case à la fois et en diagonale, ayant de ce fait un pouvoir inférieur au Roi. La nouvelle évolution survient au XVe siècle. Elle coïncide avec la réunification de l'Espagne, le renforcement de son pouvoir marqué par les Conquêtes et surtout la prise de pouvoir en Europe d'une femme, la grande Isabelle Ire de Castille (1451-1504). Sous son impulsion, et bien avant le féminisme, cette Reine absolue fait de la Reine la pièce la plus puissante du jeu. Elle symbolise désormais la femme du Roi, mais aussi la régente ou la femme forte qui a le pouvoir d'agir en son propre nom. Elle devient ainsi libre de se déplacer d'autant de cases qu'elle le souhaite et dans tous les axes (horizontal, vertical, diagonal).

Et comme les échecs sont par principe globaux, le changement de règle va progressivement être adopté par tous. Dorénavant, Reine, Dame ou Vizir vont se déplacer de la même manière. Ou comment la puissance économique et politique d'un pays et d'une gouvernante s'imposent à l'ensemble de leurs contemporains.

Cette émergence de la Reine et de sa toute nouvelle puissance dans les jeux d'échecs occidentaux au Moyen Âge ainsi que l'évolution de son rôle au tout début de la Renaissance démontrent sans équivoque que les échecs sont un parfait miroir des transformations structurelles de la société et des modes de gouvernance.

2.1.2 Une symbolique de l'exercice du pouvoir

Mais, au-delà de la dimension sociétale, les pièces d'échecs ont également un véritable rôle d'exemple moral, politique et culturel sur les classes dirigeantes de cette époque. En effet, bien avant d'être popularisé et vulgarisé par les évolutions technologiques successives, de l'imprimerie au web, le jeu d'échecs était considéré comme un jeu noble. Réservé aux élites de la société, notamment aux rois et aux seigneurs, il est « le Roi des jeux, le jeu des Rois ». Il était utilisé comme un outil éducatif pour enseigner la stratégie et la tactique, mais aussi les vertus morales.

Le livre du moine Jacques de Cessoles intitulé *Le Jeu des échecs moralisés*, publié au XIVe siècle, en est la meilleure preuve. Dans ce livre connu comme l'un des premiers ouvrages traitant des échecs, le Dominicain lombard associe chaque pièce du jeu d'échecs à une vertu ou à un vice. Il ajoute un caractère moral au jeu qui constitue un support pour ses sermons et un prétexte à la moralisation de la société. Il développe ainsi, en s'appuyant sur les échecs, une conception idéalisée de l'organisation sociale de la cité.

Selon lui, le Roi représente la sagesse et la prudence, la Reine symbolise la force et la justice, le Fou incarne la raison, le Cavalier représente la vaillance et la générosité, le Pion symbolise l'obéissance et la patience. La pratique des échecs par l'élite au pouvoir devait permettre d'apprendre ces valeurs morales aux joueurs qui pouvaient ensuite les appliquer, fondant ainsi l'équilibre social.

Malgré les siècles passés, les pièces représentent toujours aujourd'hui les différentes classes sociales ou les rôles sociaux. La façon dont elles se déplacent sur le plateau reflète les relations entre ces classes ou ces rôles. C'est peut-être pour cela que le jeu d'échecs traverse les temps, demeure aussi populaire et fait autant partie de notre décor quotidien. Il est en quelque sorte une synthèse de la vie en société, quel que soit le pays concerné. Mais entrons plus avant dans la symbolique parfois très contemporaine des pièces d'échecs et de leur pouvoir sur l'échiquier.

La pièce la plus importante du jeu d'échecs demeure le Roi. Il symbolise le pouvoir et la hiérarchie. Il n'est néanmoins pas le plus puissant. Pour survivre, il doit obligatoirement être protégé par les autres pièces du jeu et par les pions, ses soldats, son peuple qui tous peuvent aller jusqu'à se sacrifier. En cela, ils le maintiennent libre de ses mouvements ou victorieux dans sa bataille. Le Roi ne peut vaincre seul, il a besoin des autres pour vivre et exister.

Cette organisation hiérarchique et cette interdépendance sont toujours contemporaines. Elles reflètent parfaitement, tant au sein de la société civile qu'au sein des entreprises, les liens étroits qui doivent ou devraient exister entre un Roi ou une Reine, une Présidente, un Président, une ou un chef d'entreprise, son équipe dirigeante et les individus qui constituent le corps social ou sociétal. Il est d'ailleurs remarquable de constater que le Roi est la seule pièce du jeu d'échecs qui, quels que soient les cultures ou les pays dans lesquels on le pratique, porte le même nom.

Le Roi est en lumière, il représente le pouvoir, chacun de ses actes est visible de tous, ses mouvements doivent donc être rares et mesurés. La fonction régalienne exige cette mesure ! Une règle qui pourrait être méditée par nombre de gouvernants politiques ou économiques actuels exposés au quotidien et qui confondent régulièrement nécessaire pédagogie et communication politique sur les réseaux sociaux. Un Roi aux échecs utiliserait certainement beaucoup moins Twitter, ou désormais « X ». Le Roi est en même temps la pièce centrale du jeu, mais aussi celle qui est la plus ciblée. Il ne peut se déplacer que d'une case à la fois et ne peut être capturé. Le jeu s'arrête dès lors qu'il ne peut plus se déplacer.

Ramené à notre société contemporaine, du président des États-Unis à Charles III, en passant par le régime fédéral allemand, les monarchies du Golfe ou le régime chinois, que le Roi soit issu d'un sacre, d'une élection, d'un coup d'État ou que le chef soit choisi par ses pairs, il n'en demeure pas moins qu'il est le Roi de l'échiquier de son pays. Il doit en supporter les conséquences et les responsabilités. Il doit être apprécié par ses actes. Il doit s'entourer des bonnes « pièces » pour durer et gagner. Il doit les ménager, mais également savoir les sacrifier si nécessaire. Il doit avoir une vision à long terme et une stratégie claire pour y parvenir tout en l'adaptant au contexte et à l'adversité.

La Reine, nous l'avons vu, est devenue depuis le XVe siècle la pièce la plus importante du jeu. Elle en est également la principale variable d'ajustement. Vision contemporaine du rôle de la femme dans les sociétés occidentales, elle est souvent considérée comme un symbole de la liberté et de l'émancipation, car elle peut se déplacer dans toutes les directions et prendre n'importe quelle pièce. Elle est bien plus flexible et puissante que le Roi, grâce à une plus grande portée : c'est la pièce qui peut recouvrir le plus de cases. Pourtant, malgré ce pouvoir, la Reine peut être sacrifiée à tout moment sans que la partie s'interrompe.

Dans certains pays du monde, la Reine est toujours appelée Vizir ou pourrait-on dire Premier ministre. Le Vizir est, lui aussi, la pièce la plus puissante du jeu. Partout dans le monde, il est évident que bien plus encore que la Reine, les Premiers ministres sont les premiers sacrifiés sur l'autel de la pérennité du pouvoir et du maintien en place du Roi, de la Reine, de la Présidente ou du Président.

Les autres pièces du jeu (Tour, Fou, Cavalier) représentent les spécificités culturelles de chaque pays. Même si le Cavalier, du fait de son mouvement, est toujours associé à la cavalerie, il n'en est pas de même du Fou. Le Fou s'appelle, par exemple, Bishop (évêque), dans les pays anglophones, en référence au pouvoir encore important de l'Église anglicane, ou Éléphant pour les Perses, les Indiens ou les Russes, en référence à l'origine des échecs.

Comme dans la société, chacune de ces pièces a une mission déterminée au service du pouvoir. Elle peut être sacrifiée à tout moment afin d'assurer la protection et la sécurité du Roi et la pérennité de son pouvoir. Comme dans un gouvernement ou dans l'organigramme d'une entreprise, chaque pièce a un mouvement défini duquel elle ne peut pas se départir. Et c'est le mouvement coordonné de l'ensemble de ces pièces qui va amener l'échec ou le succès d'une stratégie avec plusieurs coups d'avance.

Ainsi, comme dans un État ou une entreprise, ce succès va être lié à une vision à long terme qui doit se traduire par une stratégie établie qui évoluera coup après coup en fonction du contexte opérationnel. Certains dirigeants pourraient d'ailleurs s'inspirer utilement des principes fondamentaux des échecs pour construire une vision à long terme pour leur pays et pour eux-mêmes plutôt qu'une tactique individuelle visant simplement à conserver le pouvoir à court terme. Le jeu d'échecs nous démontre qu'une telle approche est source systématique de mat pour eux et leurs administrés.

D'autre part, il est particulièrement intéressant de noter que, dans le jeu d'échecs, les pions ne sont officiellement pas considérés comme des pièces, même si on les dénomme en tant que tels. La sémantique est précise comme dans la société, les pions représentent le peuple, ceux que l'on sacrifie et qui n'ont pas de responsabilité sociale. Les pions, comme le peuple, doivent être obéissants et patients. Pourtant, leur rôle est crucial, le Français François André Danican, dit Philidor (1726-1795), déclarait ainsi : « Les pions sont l'âme des échecs ; ce sont eux uniquement qui forment l'attaque et la défense ; de leur bon ou mauvais arrangement dépend entièrement le gain ou la perte de la partie ». Il serait peut-être utile que certains politiques relisent cette citation.

Les pions sont, bien sûr, les pièces les plus nombreuses sur le plateau d'échecs. Dans la plupart des pays, le pion est le fantassin ou le paysan, il n'a pas le droit de reculer, comme dans les guerres traditionnelles où ceux qui reculaient étaient fusillés. Mais il faut aussi noter que le jeu d'échecs permet aussi à ce sans-grade, au terme de son parcours, lorsqu'il arrive au bout de l'échiquier, c'est-à-dire « à promotion » après avoir passé six cases, surmonté tous les obstacles et évité de mourir, de devenir l'une des pièces maîtresses de l'échiquier et donc d'acquérir un véritable rôle social. Cette promotion, qui peut même lui permettre de devenir Reine ou Vizir selon les pays, ne peut cependant pas l'amener à devenir un Roi. L'ascenseur et la promotion sociale ont des limites !

Les pions symbolisent aussi l'importance de la coopération et du travail d'équipe. Lorsque le pion n'est pas seul et qu'il se groupe en chaîne, cette chaîne peut devenir un véritable poison pour l'adversaire. L'unité crée le pouvoir, l'union fait la force et facilite l'opposition. Lorsque le peuple se regroupe, il peut faire de grandes choses et bloquer toute la vie sociale.

Cette étroite imbrication des échecs et de la représentation de la société et des jeux de pouvoir qui l'animent, a fait des échecs un véritable miroir des évolutions géopolitiques et culturelles du monde du VIe siècle à nos jours.

2.2 Histoire de pièces, pièces d'histoire

La comparaison des pays ou des régions qui ont dominé le monde politique et économique et de ceux qui ont dominé le jeu d'échecs au cours de l'histoire nous démontre le caractère systémique du lien entre pouvoir géopolitique et échiquéen. Il est ainsi éclairant de constater que les grands joueurs d'échecs dans l'histoire ont toujours représenté l'émergence de nouvelles puissances et l'évolution des équilibres entre les puissances mondiales. La nationalité des grands champions d'échecs témoigne ainsi de la géopolitique mondiale et permet de décrypter ce que pourrait être son futur.

2.2.1 L'Empire arabe, la fondation (du VIe au XIIIe siècle)

Du début du VIe siècle jusqu'au XIIIe siècle, le creuset de la construction des principes du jeu, tel qu'il est pratiqué encore aujourd'hui, est l'Inde, la Perse et le monde arabe. Ces trois régions du monde représentaient à l'époque la très grande majorité de la production des richesses mondiales.

L'origine du jeu d'échecs est généralement attribuée à l'Inde. Les pièces seraient la représentation des quatre corps d'armée typiques de l'Inde ancienne : les chars de combat, la cavalerie, le corps des éléphants et l'infanterie sous les ordres du Rajah. L'échiquier serait semble-t-il, quant à lui, la représentation profane d'une table rituelle symbolique de l'ordre cosmique, le « Vastu Purusha Mandala », résidence sacrée des dieux du panthéon hindou.

C'est la Perse qui, dès le VIe siècle, fixe les contours du jeu d'échecs tel qu'on le connaît aujourd'hui et lui donne son nom initial, Shatranj, nom d'ailleurs toujours en vigueur dans les pays de langue arabe. Le terme « Shah mat » deviendra échec et mat : le roi est mort.

La diffusion et la vulgarisation de ce jeu sont directement liées à la construction de l'Empire arabe entre le VIIe et le XIIe siècle, marquant pour la première fois le lien direct entre la diffusion et la pratique du jeu et l'émergence de la première puissance politique et économique du monde contemporain.

Ainsi, les premiers champions d'échecs reconnus sont issus de l'Empire arabe au IXe siècle, Al-Adli et Al Suli sont les premiers grands joueurs de Shatranj. Ils sont également les premiers théoriciens auteurs de traités d'échecs, notamment le livre des échecs d'Al-Adli en 842 ou l'étude des problèmes d'échecs d'Al Suli.

Quant à Omar Khayyam (1048-1131), le plus grand poète de langue arabe de l'époque, il écrit : « Nous sommes les pions de la mystérieuse partie d'échecs jouée par Dieu, il nous déplace, nous arrête, nous pousse encore, puis nous lance un à un dans la boîte du néant ».

2.2.2 *L'Espagne et la Renaissance, l'évangélisation (du XVe au XVIIe siècle)*

Après cette période de construction et de stabilisation, le centre des échecs quitte le monde arabe pour suivre l'émergence de la nouvelle grande puissance mondiale, l'Espagne. Au XVe siècle, nouvellement unifiée et forte de sa puissance économique nourrie par son empire colonial, l'Espagne domine le monde contemporain et devient la première superpuissance moderne. Isabelle de Castille va financier l'expédition de Christophe Colomb (1451-1506) et changer les règles du jeu d'échecs.

Ainsi, la première partie moderne est décrite en 1475 par Narcís Vinyoles. Le premier ouvrage à faire état des règles contemporaines date de 1495. Luis Ramírez de Lucena (1465-1530), compositeur « d'études » d'échecs, écrit le plus ancien ouvrage imprimé sur les échecs, *Repetición de amores y arte de ajedrez*, publié en 1497, quarante ans seulement après la Bible de Gutenberg. C'est le premier traité d'échecs dont les joueurs utilisent encore aujourd'hui ses théories des finales.

Durant un siècle, les champions sont espagnols et religieux, représentant parfaitement les deux grandes puissances dominantes de l'époque, l'Espagne et la religion catholique. Ruy López de

Segura (1530-1580), prêtre espagnol du XVIe siècle, confesseur du roi Philippe II, poursuit cette tradition. Il est considéré comme un des plus grands joueurs de son temps. Son traité *Libro de la invención liberal y arte del juego del axedrez* est publié en 1561. Il décrit l'ouverture espagnole qui est toujours actuellement une des plus jouées dans les tournois internationaux.

Puis au XVIIe siècle, l'école italienne domine alors les arts de la Renaissance et va aussi dominer les échecs. Gioachino Greco (vers 1600-1634) voyage dans toute l'Europe et contribue à populariser les échecs auprès des grandes cours européennes. Il pose en même temps les bases d'une future vulgarisation en étant le premier à transcrire des parties complètes commentées. Il écrit ainsi les partitions échiquéennes, élément indispensable de l'apprentissage des échecs pour les futures générations.

Soutenus par le pouvoir dominant et par la puissance de l'Église, portés par les changements culturels issus de la Renaissance italienne, les échecs ont acquis les fondements de leur future démocratisation.

2.2.3 Le siècle des Lumières, la démocratisation (1715-1789)

Après la domination économique et la domination religieuse, vient le temps de la domination des idées. Le siècle des Lumières en France, mouvement tout à la fois philosophique, littéraire et culturel remet en question le dogmatisme de l'Église catholique et l'arbitraire du régime royal. Il va entraîner la domination française sur le monde des échecs. Le cœur de cette fusion entre échecs et idées nouvelles est le Café de la Régence à Paris. 1715 marque d'ailleurs en même temps la naissance du Café de la Régence et le début officiel du siècle des Lumières.

Au Café de la Régence se croisent en permanence amateurs et champions, libres penseurs et royalistes, grands esprits et hommes politiques. Portés par ce melting pot, les échecs descendent dans la société civile et se démocratisent, le Café de la Régence devient donc le précurseur des premiers clubs d'échecs qui ont émergé en France.

Les échecs deviennent ainsi un véritable lien entre ceux qui vont construire les bases théoriques et technologiques du monde contemporain. Diderot, qui consacre, avec d'Alembert, un article entier de l'Encyclopédie au jeu d'échecs, est un habitué du Café de la Régence. Jean-Jacques Rousseau se prend un temps de passion pour le jeu et fréquente, lui aussi, le célèbre Café. Benjamin Franklin, lui-même grand joueur d'échecs, y a également ses habitudes.

Sans doute ont-ils partagé la table d'échecs avec François-André Danican, dit Philidor. Musicien célèbre pour ses opéras, il devient virtuellement le premier champion du monde du jeu d'échecs. Il symbolise la suprématie française sur le monde des échecs durant le siècle des Lumières. Son traité *L'Analyse du jeu des échecs* publié en 1749, à l'âge de 22 ans, revêt encore aujourd'hui une importance théorique considérable. Il a ainsi résolu des positions de finales de Tours, sans bien sûr aucune aide informatique, qu'il a d'ailleurs publiées et dont les analyses sont encore valables aujourd'hui.

Le Café de la Régence demeure un lieu d'échange privilégié y compris durant la Révolution. Robespierre profite des entractes du club des Jacobins pour y disputer des parties. Et la légende veut aussi que Bonaparte y ait disposé d'une table d'échecs en marbre.

2.2.4 La « révolution industrielle » des échecs (1815-1851)

Après le siècle des Lumières, la France, esprit des Lumières, et l'Angleterre, puissance économique et coloniale, dominent le monde et sont à l'origine des principales innovations théoriques et technologiques qui fondent la révolution industrielle. Leur confrontation et leur montée en puissance s'illustrent indirectement par les deux matchs La Bourdonnais – McDonnell et Saint-Amant – Staunton.

Louis-Charles Mahé de La Bourdonnais, considéré comme le meilleur joueur du monde au début du XIXe siècle, part à Londres en 1834 pour y affronter Alexander McDonnell, plus fort joueur du Royaume-Uni. C'est le premier grand match de l'histoire qui oppose les deux plus grandes puissances mondiales de l'époque et qui dure cinq mois et quatre-vingt-cinq parties. C'est également le début des parties notées aux échecs. La Bourdonnais rentre par la suite en France et fonde *Le Palamède*, première revue échiquéenne. Après la mort de La Bourdonnais en 1840, Pierre Charles Fournier de Saint-Amant a la réputation d'être le meilleur joueur d'échecs de France, il perd en 1843, à Londres, son match contre l'Anglais Howard Staunton, mais gagne le match revanche à Paris, au Café de la Régence.

Parallèlement, l'Anglais Nathaniel Cooke dessine un ensemble de pièces d'échecs qu'il enregistre en 1849 au bureau des brevets. En 1852, Howard Staunton accepte de promouvoir ses pièces. Chaque jeu de pièces, fabriqué en ivoire ou en bois, était accompagné d'un exemplaire du traité d'échecs écrit par Staunton et la boîte portait une étiquette avec la signature de Staunton pour limiter les contrefaçons. Cet ensemble de pièces, auquel Cooke donna le nom de « Jeu de pièces d'échecs Staunton », devient la norme. Il est toujours le modèle standard recommandé par la Fédération Internationale Des Échecs (FIDE).

Ainsi, quarante ans avant l'origine officielle du marketing au XXe siècle, les échecs entrent dans une nouvelle ère. Un produit au design intemporel, normalisé et protégé, une communication adaptée, un ambassadeur reconnu, un influenceur écouté permettent de construire les bases d'une réussite commerciale mondiale. Ainsi, quelle que soit la dénomination des pièces, le conflit potentiel de la représentation avec la culture locale, le monde entier joue avec des pièces représentant un Roi, une Reine, un Bishop, ou une Tour. Le jeu d'échecs Staunton a réussi à devenir la norme.

Quelques années plus tard, en 1861, les Anglais finissent de standardiser la pratique du jeu d'échecs en ajoutant la notion de temps. L'intégration de la pendule va permettre de mesurer la performance des joueurs lors des compétitions d'échecs, le temps devient ainsi une composante de la prise de décision comme sur les marchés financiers émergents à l'époque.

Forts de leur puissance économique et de leurs rôles de leader européen, les Anglais font rentrer les échecs dans le monde de la révolution industrielle en intégrant au jeu le marketing, la standardisation et la productivité.

2.2.5 La création d'un nouvel ordre mondial (1851-1946)

Après la période de domination franco-britannique sur le monde des échecs, la deuxième moitié du XIXe siècle voit d'une part la disparition complète des champions français des compétitions internationales et d'autre part l'émergence de nouveaux champions issus des nouvelles puissances européennes et mondiales. L'Angleterre, la Prusse, les États-Unis, l'Empire austro-hongrois, la Russie puis l'URSS[12] sont les acteurs majeurs du monde des échecs. À partir de 1836, l'impact de la nouvelle presse spécialisée en langue française, anglaise, allemande, néerlandaise, danoise, italienne, espagnole et russe accélère la vulgarisation de la pratique des échecs soutenue par les grands journaux périodiques tels que *L'Illustration* qui publie des problèmes de parties. Les échecs reflètent une nouvelle fois les transformations géopolitiques et la construction d'un nouvel ordre mondial annonçant les grands conflits de pouvoir à venir.

Forte de sa puissance économique, l'Angleterre continue à organiser à Londres la majorité des grands tournois internationaux. Néanmoins le premier championnat du monde officiel de l'histoire a lieu à New York en 1886 avec une opposition entre l'Austro-Hongrois Wilhelm Steinitz et l'Anglais d'origine prussienne, Johannes Zukertort. L'organisation de ce championnat du monde marque l'émergence des Américains sur l'échiquier mondial. De 1851 à 1894, les grandes parties d'échecs opposent les Anglais Staunton, Blackburne, McDonnell, Zukertort aux Prussiens, Anderssen et Paulsen, aux Austro-Hongrois, Steinitz, Maroczy et Englisch, au Russe Chigorin, aux Américains Morphy, Pillsbury et Mackenzie. Les grands protagonistes des deux conflits mondiaux à venir commencent par s'affronter aux échecs.

12. Union des Républiques Socialistes Soviétiques.

Le début de la puissance économique et industrielle allemande coïncide avec le titre de champion du monde d'Emanuel Lasker en 1894. Cette domination s'arrêtera en 1921 juste après la Première Guerre mondiale. À partir de ce moment, l'Allemagne n'aura jamais plus de champion du monde d'échecs jusqu'à aujourd'hui.

Durant l'entre-deux-guerres, les tournois d'échecs se multiplient et commencent à s'exporter dans de nouveaux pays à l'extérieur de l'Europe et de l'URSS. De nouveaux champions apparaissent, José Raúl Capablanca, champion du monde de 1921 à 1927, est cubain. Les échecs témoignent, durant cette période, d'un début de mondialisation et des efforts des démocraties libérales occidentales pour mettre en place un nouvel équilibre politique.

La création de la FIDE en 1924 suit d'ailleurs de quatre ans à peine la création de la Société des Nations (SDN). Au même titre que la SDN, la FIDE vise « à organiser la compétition internationale autour de règles et de principes éthiques ». La volonté de l'URSS de n'adhérer à aucune de ces deux structures va néanmoins sonner le glas de leurs ambitions communes. L'histoire nous l'a démontré, dans les deux cas, leur pouvoir et le succès de leurs initiatives resteront très en dessous des attentes jusqu'à la fin de la Seconde Guerre mondiale et l'émergence d'un monde bipolaire.

En outre, l'Union soviétique veut démontrer la supériorité de l'*homo-sovieticus*. Cette volonté est portée par une véritable stratégie politique initiée par Lénine, lui-même pratiquant assidu. Les échecs deviennent un outil au service du pouvoir bolchevique. « Les échecs dans les masses » en est le slogan. Les échecs ne sont pas seulement un outil de propagande ou d'éducation, ils sont aussi un outil au service du pouvoir politique et militaire. Nikolai Krylenko, commandant en chef de l'armée soviétique et membre du Soviet suprême, considère les échecs comme un instrument politique. Il déclare : « Nous devons organiser des brigades de choc formées de joueurs d'échecs et commencer immédiatement un plan quinquennal des échecs. [...] Les échecs sont un instrument de la culture intellectuelle ! Apportons les échecs aux travailleurs ! ».

En quelques années, des millions de Soviétiques, dans les campagnes, dans les usines, s'adonnent désormais au jeu. Encore invisibles du monde occidental, ils créent néanmoins le ferment de la domination soviétique à venir.

2.2.6 Le symbole de la guerre froide (1948-1972)

Dans la semaine suivant la fin de la guerre, du 1er au 4 septembre 1945, la semaine où le Japon signe sa reddition, les équipes d'échecs américaines et soviétiques s'affrontent par radio interposée. Du fait du peu d'information sur le niveau de l'équipe soviétique d'échecs, peu présente dans les compétitions internationales, l'équipe américaine s'avance confiante. Le *New York Times* écrit d'ailleurs dans ses colonnes : « There is no reason for misgivings as to the outcome of the forthcoming match by radio on ten boards with Soviet opponents[13] ».

Finalement, l'affrontement s'avère un échec cuisant pour les Américains. L'équipe soviétique menée par le futur champion du monde Mikhail Botvinnik écrase l'équipe américaine en gagnant quasiment toutes les parties.

Cet événement, qui pouvait paraître à l'époque anecdotique, marque pourtant le début d'une longue série d'affrontements entre le bloc occidental et le bloc soviétique que l'on allait très vite appeler la guerre froide. Et l'URSS n'allait pas manquer de se servir des échecs dans cette guerre. L'échiquier est en effet un champ de bataille idéal pour marquer son territoire sans prendre le risque de déclencher une guerre nucléaire.

Ainsi, certainement pour la première fois dans l'histoire mais certainement pas la dernière, les échecs ne suivent pas l'évolution géopolitique mondiale, ils en deviennent un précurseur et un véritable acteur. Le jeu d'échecs devient un outil de *soft power* pour l'URSS. Le moyen d'affirmer la « suprématie intellectuelle » de son modèle et sa volonté et sa capacité à prendre le pouvoir.

---

13. *The New York Times*, 26 août 1945, Section S, page 12.

Encore fallait-il que l'Union soviétique réintègre le concert du monde des échecs.

Dès 1946, la mort d'Alexandre Alekhine, exilé juste avant la création de l'URSS, champion du monde pour la France, de 1927 à 1946, marque le retour de l'URSS au sein de la FIDE. Ce retour constitue la déclaration officielle de la volonté de l'URSS de revenir officiellement sur la scène mondiale et annonce le début de la domination sans partage de l'école soviétique sur le monde des échecs.

Mikhail Botvinnik devient officiellement champion du monde en 1948 à Moscou et fonde son école, véritable pépinière de champions dont les deux plus connus sont Anatoly Karpov et Garry Kasparov. Paradoxalement, antinomique avec les principes du communisme, mais cohérent avec la volonté de positionner le sport soviétique sur le toit du monde, tout un système que l'on appellerait aujourd'hui de « haut niveau » voire de « professionnalisme » est mis en place dans l'ensemble de l'URSS. Il vise à former les futurs champions mondiaux. Une détection des jeunes à potentiel est organisée dans les écoles de pionniers. Les étudiants choisis reçoivent par des professeurs d'échecs une formation technique poussée. Ils suivent une préparation physique, diététique et physiologique structurée. Les jeunes les plus talentueux reçoivent même une rémunération conséquente. Ainsi, Boris Spassky, reconnu comme un prodige par Mikhail Botvinnik, reçoit en 1948-1949 une bourse mensuelle de 120 roubles. Le résultat de cette politique novatrice pour l'époque est remarquable puisque durant les vingt-quatre années suivantes, les cinq champions du monde successifs seront d'origine soviétique : Mikhail Botvinnik, Vasily Smyslov, Boris Spassky sont russes, Mikhail Tal est letton et Tigran Petrosian, arménien né en Géorgie.

Les mêmes causes produisant les mêmes effets, la domination soviétique est sans partage sur les championnats féminins. Elle durera même pendant plus de quarante ans jusqu'à la chute de l'Union soviétique en 1991.

Du fait de cette politique structurée, le niveau moyen de la pratique des échecs est d'ailleurs tellement élevé qu'à l'époque, le championnat d'Union soviétique est considéré comme la référence mondiale. Être champion d'URSS, au terme d'un tournoi marathon, était plus difficile que d'être champion du monde.

Le règne soviétique au sommet de la planète échecs est ébranlé en 1972 avec l'irruption d'un nouveau champion, Bobby Fischer, américain, individualiste forcené, perfectionniste, paranoïaque et génial qui a même appris le russe pour lire la littérature technique échiquéenne de l'école soviétique. Poussé personnellement par Henry Kissinger[14] qui voit en lui le nouveau champion américain, Fischer accepte de combattre Boris Spassky et le bat en 1972. Il retourne aux États-Unis et est accueilli en héros à New York, cette victoire va marquer à la fois un boom du jeu aux États-Unis. Elle va aussi ouvrir la voie à la future fertilisation des autres pays du monde à partir des semences échiquéennes de l'école soviétique et va faire émerger un nouveau monde échiquéen.

2.2.7 De la bipolarité à la multipolarité (1972-1997)

En 1976 on assiste à la dissidence de Viktor Korchnoi qui rejoint l'Europe. Il est à l'époque un pur produit de l'école soviétique et numéro 2 mondial dans l'ombre d'Anatoly Karpov, lui-même devenu champion du monde après que Bobby Fischer a refusé de défendre son titre. Cette défection du Soljenitsyne des échecs confirme l'effritement de l'hégémonie soviétique. Les deux affrontements entre Anatoly Karpov et Viktor Korchnoi prennent dès lors une dimension politique considérable. Après Bobby Fischer, un nouveau héros vient défendre les valeurs et le modèle occidental qu'il a choisi face à l'*homo-sovieticus*. Les échecs deviennent alors le champ de bataille privilégié de l'affrontement idéologique entre l'URSS et l'Occident.

Si au terme des deux matchs entre Korchnoi et Karpov, ce dernier réussit à conserver sa couronne, ce n'est que partie remise, l'ours soviétique est fragilisé et bientôt un nouveau modèle et un

14. *The New York Times*, 18 juillet 1972, page 21.

nouveau champion vont s'imposer. La perestroïka commence en URSS avec l'arrivée de Mikhaïl Gorbatchev et Garry Kasparov va devenir en même temps son représentant et la première star mondiale bien au-delà du monde des 64 cases.

De 1984 à 1990, la Russie soviétique et la nouvelle Russie, supportée par l'Occident, vont ainsi s'affronter par Karpov et Kasparov interposés lors de cinq matchs et cent quarante-quatre parties. Cet affrontement de six ans va finalement être gagné par Kasparov.

Pour ne citer que deux anecdotes démontrant l'importance politique de cet affrontement : en 1986, le match à Londres est ouvert par la Dame de Fer, Margaret Thatcher[15], Première ministre britannique, à l'époque elle est la femme la plus crainte et la plus puissante d'Europe et surtout l'égérie de l'ultra-libéralisme. En 1990, juste après la chute du mur de Berlin, lors de leur dernier match, Garry Kasparov, soutenu par Boris Eltsine, joue sous drapeau russe et refuse de jouer sous drapeau soviétique[16].

Les deux parties du match joué à New York, puis Lyon sont des événements mondiaux retransmis dans le monde entier. Commenté en direct, couvert par plus de neuf cents journalistes, ce match prend une importance politique considérable, et marque toute une génération. Karpov et Kasparov sont deux gladiateurs, deux chevaliers qui s'affrontent pour défendre leur Reine et leur Roi, leurs idéologies et les ordres établis. Bien au-delà d'une partie d'échecs entre deux champions, ce sont deux mondes qui s'opposent. La partie visible des changements politiques structurels qui sont les prémices de la fin de la bipolarité et le début de la future multipolarité.

Cette multipolarité est en fait la conséquence de plusieurs origines distinctes dans le monde. L'explosion du bloc soviétique en est bien sûr la principale. Elle entraîne une fertilisation échiquéenne croisée, notamment en Europe et dans les pays anglo-saxons. La stratégie de positionnement politique chinoise en est un

15. Joseph McLellan, « Cheers to the Chess Men », *The Washington Post*, 28 juillet 1986.
16. *The New York Times*, 1er octobre 1990, Section A, page 10.

autre élément fondateur. Enfin, l'émergence de nouveaux grands champions devenus stars et modèles générationnels dans nombre de pays va aussi soutenir cette multipolarisation des échecs.

En 1991, l'URSS disparaît au profit de la Communauté des États indépendants, une structure transitoire préalable à la découpe de l'Union soviétique. Simultanément, la Soviétique et Géorgienne, Maia Chiburdanidze, championne mondiale indiscutée et indiscutable depuis treize ans, perd son titre face à la Chinoise Xie Jun âgée de 20 ans. Ce succès symbolise l'émergence de la Chine moderne post-Mao comme nouvelle puissance mondiale dans l'univers échiquéen. Il est une nouvelle fois le résultat d'une véritable politique de l'État chinois utilisant les échecs comme un formidable outil de *soft power*. Cette approche est d'autant plus remarquable que les échecs occidentaux étaient peu joués en Chine, et même bannis de 1966 à 1976, jusqu'à la mort de Mao. Il s'agit donc bien d'un plan structuré, le « Big Dragon Project[17] » et d'une stratégie de prise de pouvoir affichée. Dès 1976, la Chine intègre la FIDE, crée l'académie d'échecs « le jardin des échecs », détecte et forme de futurs champions. Comme pour l'URSS auparavant, il s'agit de démontrer la puissance économique et politique chinoise sur l'échiquier international et, quoi de mieux qu'un vrai échiquier pour y parvenir. Le premier résultat visible de cette politique est la participation de la Chine aux olympiades des échecs de Buenos Aires en 1978. Lors de ce championnat, un Maître chinois bat pour la première fois un Grand Maître néerlandais. La montée en puissance continue ensuite jusqu'à la victoire de Xie Jun qui annonce les grands champions chinois à venir.

En Inde, la montée en puissance des échecs est le fruit du génie d'un homme et non celui d'une stratégie politique. L'origine de l'histoire tient à la volonté du président de la fédération philippine, futur président de la FIDE, Florencio Campomanes, de développer les échecs en Asie. Proche du pouvoir philippin, il décide d'organiser à Baguio, aux Philippines, un événement

17. Edwin Lam, « Chess philanthropist Dato Tan has died », Chessbase, 21 octobre 2018.

mondial et emblématique et obtient de la FIDE le match pour le titre de champion du monde Karpov-Korchnoi en 1978.

Ce match, ou plus précisément la salle où le match a eu lieu, deviendra un marqueur dans la passion d'un jeune joueur amateur de 9 ans, initié par sa mère en Inde : Vishy Anand. Après avoir complété son éducation échiquéenne, il gagne en 1987 le championnat du monde juniors, à l'âge de 17 ans, dans la salle même où s'est joué, neuf ans plus tôt, le championnat du monde. Vishy Anand va devenir au fil de ses succès un modèle pour tout un pays symbolisant la renaissance économique et industrielle du sous-continent indien. Il sera d'ailleurs reconnu comme l'homme et le sportif de l'année en Inde en 2012 suite à son titre de champion du monde acquis en 2008. Son exposition médiatique et politique coïncide parfaitement avec la montée en puissance de l'économie indienne et avec le nouveau développement de la pratique des échecs dans le sous-continent.

Dans le même temps, avec la disparition de l'URSS, l'expertise soviétique va s'exporter. Ainsi, beaucoup de Grands Maîtres et d'entraîneurs soviétiques qui n'ont plus de débouchés dans un système en fin de vie immigrent vers les États-Unis et l'Europe de l'Ouest. Iossif Dorfman, longtemps entraîneur de Kasparov, apporte par exemple son expertise en France et devient l'entraîneur d'Étienne Bacrot qui grâce à lui devient le plus jeune Grand Maître de l'histoire en 1997 à l'âge de 14 ans et 2 mois. Gata Kamsky immigre lui avec sa famille aux États-Unis en 1989, prend la nationalité américaine et joue le championnat du monde contre Anatoly Karpov en 1996 avant de gagner la coupe du monde d'échecs en 2007.

Cette internationale des échecs est soutenue par les Russes eux-mêmes. En 1997, Anatoly Karpov est invité par le gouvernement chinois et reçu comme un véritable chef d'État en Chine afin d'apporter son expertise aux jeunes joueurs chinois.

À la fin des années 90, le monde des échecs comme la planète s'est mondialisé. De nouveaux acteurs, notamment en Asie, ont émergé, d'anciennes puissances reviennent sur le devant de la scène et l'expertise et les échanges se sont internationalisés. Cette évolution est à l'origine de nouveaux équilibres, de nouveaux jeux de pouvoir entre pays ou entre institutions et entreprises. Des stars mondiales ou locales sont nées et le terreau de la future globalisation et digitalisation est en place. Celle-ci démarre en 1997 avec la victoire de Deep Blue sur le détenteur de la couronne mondiale, Garry Kasparov. Cet événement majeur marque en même temps la transformation du monde des échecs et le début de la révolution digitale.

Porté par cette globalisation et cette digitalisation, le nombre de Grands Maîtres internationaux ne va dès lors cesser de croître, de même que le nombre de pays ayant un Grand Maître international.

2.2.8 La révolution digitale (de 1997 à nos jours)

La révolution digitale, quatrième révolution industrielle de l'histoire de l'humanité, démarre donc en 1997. On peut considérer que, pour la première fois, la petite histoire des échecs rejoint la grande Histoire mondiale.

En effet, cette victoire de l'ordinateur sur l'Homme devient un événement planétaire. Il se traduit par une véritable prise de conscience de l'humanité du poids désormais indiscutable de l'informatisation de la société et de la puissance informatique. Dès lors, le monde des échecs va suivre l'accélération de cette informatisation et accompagner la montée en puissance de la digitalisation.

L'enregistrement en ligne des parties jouées vient alimenter les bases de données échiquéennes qui deviennent ainsi de plus en plus riches et de plus en plus puissantes. Les modules d'évaluation des positions deviennent de plus en plus faciles d'accès et performants et vulgarisent l'apprentissage du jeu. Les plateformes de jeu en ligne se multiplient : Free Internet Chess Server, Internet Chess Club, echecs.com généralisent la pratique. La retransmission en ligne des parties des grands tournois devient la norme.

Les formations sur DVD ou en ligne deviennent accessibles. Les chaînes internet spécialisées et les réseaux sociaux font entrer les échecs dans le quotidien de millions de pratiquants. Et Netflix donne aux échecs une dimension *fashion*.

Les échecs comme l'humanité sont entrés de plain-pied dans l'ère digitale.

Chapitre 3

Les échecs, éclairage du futur

3.1 Un monde en effervescence

Jusqu'en 1997, les principaux acteurs de l'échiquier politique mondial et de l'échiquier des 64 cases étaient des puissances régionales. Grâce à leur poids historique, économique, industriel, militaire et financier, elles influaient sur l'avenir du monde et de l'humanité. Les États-Unis au premier rang, l'Europe et la Russie malgré sa fragilité politique se partagent le pouvoir. La géopolitique mondiale est assez simple à comprendre et à analyser. Elle se résume caricaturalement à un affrontement entre l'Est et l'Ouest qui donne la grille de lecture.

La fin de l'Union soviétique, la crise des Balkans et les évolutions technologiques majeures à l'origine de la révolution digitale remettent en question ce statu quo de près d'un siècle. De nouveaux pays émergent sur la scène internationale, de nouvelles alliances se mettent en place, des pouvoirs se renforcent, d'autres diminuent. De nouveaux acteurs non-étatiques apparaissent et disposent parfois d'un pouvoir supérieur à certaines institutions. Les équilibres de pouvoir traditionnels se voient désormais challenger par ces nouveaux arrivants.

La globalisation et la digitalisation rebattent les cartes du pouvoir dans un monde toujours plus complexe, moins lisible, en effervescence permanente. Le monde des échecs en est le miroir.

3.1.1 Une géopolitique mouvante

Dans le monde échiquéen comme dans la société, la globalisation se traduit par un accroissement du nombre d'acteurs et par des équilibres de force mouvants.

L'augmentation du nombre de pays sur la scène internationale est une évidence dans la sphère échiquéenne. Les chiffres le confirment. Depuis le début des années 1990, le nombre de pays qui ont un Grand Maître international d'échecs a explosé. De trente-neuf pays en 1990, ce nombre est passé à quatre-vingt-huit en 2023. Une croissance sans précédent ! Vingt sont issus d'un événement politique majeur, l'explosion de l'Union soviétique, de la Yougoslavie et de la Tchécoslovaquie. Vingt-neuf sont de vrais nouveaux venus sur la scène échiquéenne mondiale. L'Iran, la Turquie, le Vietnam, l'Égypte, les Émirats arabes unis ou même la Zambie, la Bolivie ou la Jordanie existent désormais sur le plan mondial dans les échecs. Certains ont même pris un poids majeur en quelques décennies. Ainsi, l'Iran compte dix-neuf Grands Maîtres internationaux, la Turquie en a onze et l'Égypte six. Certains ont profité de l'impact de la digitalisation de la pratique des échecs pour apparaître. D'autres, notamment la Turquie, utilisent les échecs comme un outil affiché de *soft power* pour exister sur la scène internationale, suivant en cela l'exemple précédent de l'URSS puis de la Chine post-Mao.

Plusieurs de ces pays ont accru leur visibilité dans le cadre des relations internationales. La Turquie, l'Iran, les pays du Golfe prennent désormais de plus en plus de place dans la géopolitique mondiale, comme aux échecs. Ainsi, les BRICS[18] se sont récemment ouverts à six nouveaux pays, dont quatre pays du Moyen-Orient, l'Arabie Saoudite, l'Égypte, les Émirats et l'Iran.

En parallèle, il est intéressant de rappeler que sur les quinze dernières années, après une domination presque exclusive des Soviétiques durant plus d'un demi-siècle, trois régions se sont succédé pour le titre de champion du monde. Vishy Anand

18. Brésil, Russie, Inde, Chine, Afrique du Sud.

représentait l'Inde, Magnus Carlsen l'Europe et désormais Ding Liren, la Chine. Si l'on y rajoute Vladimir Kramnik, les champions du monde successifs représentent bien quatre des principaux piliers des relations internationales. Les États-Unis ne sont certes pas présents, mais comme nous le verrons, ils sont devenus l'acteur majeur de la géopolitique digitale dans les échecs et dans le monde.

Les grands tournois internationaux privés, en face-à-face et en ligne, témoignent également de la volonté d'existence de nouveaux acteurs politiques. En effet, initialement très majoritairement organisés en Europe, ils ont vu leur nombre augmenter et se répartissent sur le globe. Ainsi, aux États-Unis, la « Sinquefield Cup » est créée en 2013. Depuis 2014, le Qatar organise un « Masters » d'échecs et l'Inde depuis 2018, le « Tata Steel India ». Depuis les années 2000, des « Open mondiaux » se tiennent dans les Émirats arabes unis. En 2023, la nouvelle « Global Chess League » financée par Mahindra Tech a lieu à Dubaï et regroupe six franchises indiennes constituées des meilleurs joueurs mondiaux. L'Inde et les pays du Golfe viennent concurrencer l'Europe.

L'émergence de nouveaux pays sur la scène échiquéenne est par ailleurs facilitée, voire accélérée par la digitalisation. La multiplication des tournois en ligne fait disparaître les frontières. Ils permettent aux nouveaux Grands Maîtres issus des pays « émergents » d'affronter ceux reconnus des pays « développés » et d'acquérir ainsi exposition et expérience. Le « Titled Tuesday » permet à cinq cents joueurs « titrés », quel que soit leur niveau, de s'affronter en ligne sur chess.com deux fois par semaine. Le « Champion Chess Tour », organisé en 2023, également par chess.com, offre deux millions de dollars de prix. Il a permis à cent cinquante joueurs issus de trente-sept pays différents représentant l'Europe, l'Inde, l'Asie, la Chine, les États-Unis, l'Amérique du Sud, la Russie, le Moyen-Orient et l'Afrique de s'affronter en ligne dans un tournoi en six étapes.

Dans le même temps avec l'émergence de nouveaux acteurs, les échecs témoignent de changements d'équilibres géopolitiques globaux. Les équilibres du passé sont battus en brèche, des barrières s'écroulent, de nouvelles alliances se mettent en place et la digitalisation renforce structurellement le pouvoir de certaines régions aux dépens d'autres.

Une décision récente de la Russie est à ce titre significative. En effet, suite aux sanctions prises par l'Europe contre la Russie après le début de la guerre en Ukraine et l'interdiction faite aux Russes de concourir dans les compétitions européennes, la Fédération Russe des Échecs a demandé son adhésion à la Fédération Asiatique des Échecs dès 2022. Cette adhésion a été acceptée un an plus tard. Les échecs deviennent ainsi le premier sport où la Russie est passée d'un continent à un autre, de l'Europe à l'Asie. Ramenée à la grande politique, cette évolution suit les nouvelles alliances politiques qui se sont révélées dans le cadre de la crise ukrainienne.

Dans le même temps, les dernières élections à la présidence de la FIDE confirment ce renforcement du poids de l'Asie dans la géopolitique du monde des échecs et dans la géopolitique mondiale. Si le président de la FIDE est certes toujours russe, le président délégué est indien et la trésorière qatarie d'origine chinoise. L'Inde et les pays arabes accèdent ainsi aussi au pouvoir dans les échecs.

Alors que le centre névralgique institutionnel des échecs se déplace vers l'Asie, porté par le digital, les États-Unis renforcent quant à eux leur pouvoir. La très grande majorité des acteurs principaux de l'écosystème échiquéen digital est aujourd'hui aux États-Unis. Le jeu en ligne est dominé par chess.com, les outils de diffusion du jeu sont prioritairement les plateformes Twitch ou YouTube, respectivement propriété d'Amazon et de Google, la principale promotion du jeu a été assurée par Netflix avec *The Queen's Gambit*. Par ailleurs, le développement technologique du jeu au travers de l'informatique et de l'IA a été et est toujours porté par des géants américains, d'IBM pour Deep Blue à Google pour AlphaZero ou encore Microsoft pour le Cloud.

L'Europe, quant à elle, demeure bien sûr toujours un acteur majeur du jeu, mais un acteur en perte de vitesse. Forte de ses clubs, de ses joueurs et de ses institutions historiques, elle représente le monde des échecs traditionnels. Un monde certes centenaire, mais un monde très, voire trop structuré, un monde riche de son héritage et de son histoire mais limité aussi par celui-ci. Un monde qui a du mal à changer, à se transformer pour s'adapter aux évolutions des attentes et des besoins d'une nouvelle génération de pratiquants. L'Europe des échecs est bien moins riche que nombre de nouveaux acteurs de la géopolitique échiquéenne ce qui limite encore ses capacités d'évolution et d'influence. Enfin, elle est trop peu présente dans les échecs digitaux, ce qui est une aberration quand on se souvient que la première compétition de jeu en ligne s'est faite en 1984, en France, sur Minitel et qu'Europe Échecs a lancé en 2001 ses premières parties en ligne sur internet. Sur le plan institutionnel également, le pouvoir d'influence européen s'est délité. Avec l'alliance de la Russie et de l'Asie, l'émergence du pouvoir du monde arabe et la digitalisation, l'Europe est désormais écartelée entre l'émergence des BRICS et la puissance digitale américaine. Elle est de moins en moins présente dans la gouvernance des échecs et hormis lichess.org, absente du monde digital.

Le parallèle avec l'affaiblissement du pouvoir des pays européens dans la politique mondiale est frappant, il suffit juste d'enlever le mot « échecs » dans le paragraphe précédent pour en avoir l'analyse.

Cette transformation de la géopolitique échiquéenne témoigne de l'effervescence et de la complexité d'une situation géopolitique mondiale en évolution permanente et en profonde instabilité. Si de grandes tendances apparaissent, rien n'est encore stabilisé et l'incertitude demeure la norme dans un monde globalisé et digitalisé.

3.1.2 De nouveaux acteurs émergents

En parallèle de cette évolution géopolitique, la révolution digitale donne une véritable puissance économique et donc politique à de nouvelles entreprises globales. Portés par le poids majeur des réseaux sociaux, de nouveaux leaders d'opinion apparaissent et acquièrent un pouvoir d'influence directe jamais vu dans l'histoire, notamment sur les nouvelles générations.

Le succès de chess.com témoigne dans le monde des échecs de l'impact majeur de cette digitalisation. Créée en 2007, cette plateforme de jeu en ligne profite de l'explosion des innovations technologiques. S'appuyant sur la facilité d'accès offerte par les smartphones et les tablettes, elle construit son succès autour des principes de base du monde digital : « simple, rapide, transparent, fluide et orienté utilisateur ». Gratuite, accessible sur Apple et Android par simple téléchargement, elle propose des formations en ligne pour les débutants et l'accès à tous les modes de jeu traditionnels ou rapides avec n'importe quel autre joueur dans le monde. Chess.com ouvre ainsi le monde des échecs à l'extérieur du microcosme des initiés. Le succès du site est considérable avec 150 millions de comptes créés fin 2023. Chess.com est devenu le leader indiscutable des échecs en ligne et par là même un acteur majeur du monde échiquéen. Il est aujourd'hui en position de faire le succès ou l'échec d'un tournoi en décidant de le diffuser ou de le boycotter. Chess.com se porte aussi désormais comme le garant de l'éthique du jeu. Ainsi, c'est cette entreprise et non la FIDE qui a pris officiellement position dans la fameuse affaire Niemann contre Carlsen en fournissant des éléments de preuve à charge contre Niemann.

Néanmoins, le succès de chess.com est d'ores et déjà challengé par lichess.org. Créée en France en 2010, cette association propose les mêmes services que chess.com, mais accessibles en open source. Totalement gratuite, sans publicité, la plateforme vit des dons de ses utilisateurs. L'utilisation des fonds collectés, transparente, est affichée et les nouvelles évolutions du site sont codées directement par la communauté en partage. Enfin, l'intégralité des parties jouées sur le site est ouverte à la communauté dans sa globalité et publiée tous les mois. En cela, lichess.org est encore plus en phase avec les principes du monde digital. La plateforme supporte d'ores et déjà cent cinquante millions de parties par mois et est devenue l'outil préféré des formateurs en ligne.

L'émergence de lichess.org et l'opposition culturelle entre son modèle libre et celui propriétaire de chess.com ou celui de ChessBase sont également le témoignage du principal affrontement du monde informatique depuis le début de l'ère digitale. C'est un affrontement idéologique majeur entre les tenants d'un accès libre aux outils, aux data et à la connaissance et les défenseurs d'un modèle propriétaire traditionnel. L'affrontement entre un modèle transversal et un modèle vertical. Ainsi, lichess.org offre, par principe, un accès libre et gratuit à la totalité des bases de données de parties d'échecs jouées dans le monde quand ChessBase les commercialise avec son propre système d'exploitation.

Le succès de chess.com et de lichess.org est le révélateur de l'évolution du monde, des oppositions idéologiques multiples qui l'animent et de l'émergence du pouvoir des grandes entreprises issues de la révolution digitale. Comme pour chess.com, les GAFAM auxquelles s'ajoutent désormais les BATX[19] et de nouveaux acteurs majeurs de la nouvelle économie comme Tesla, X ou Uber ont acquis un véritable pouvoir d'influence politique. Ils créent les tendances, ils font et défont les idoles de la société, ils transforment les règles du commerce, de la mobilité, ils disruptent les modèles traditionnels et contrôlent la diffusion de l'information. Ils deviennent même parfois, du fait de leur puissance technologique, des acteurs de certains conflits armés. Ces nouveaux acteurs issus de la révolution digitale ont finalement directement contribué à créer un nouveau modèle de société, comme chess.com et lichess.org ont créé un nouveau monde échiquéen. Les mêmes causes produisent les mêmes effets.

Par ailleurs, la manière dont chess.com a acquis sa notoriété mondiale est symptomatique des nouvelles normes de

19. Baidu, Alibaba, Tencent, Xiaomi.

communication digitale et de leur impact. Chess.com a en effet construit sa réputation en exploitant l'image de champions majeurs comme Hikaru Nakamura jouant en direct sur chess.com sur YouTube et devant la communauté Twitch. La plateforme a ainsi créé les premiers influenceurs en ligne du monde des échecs. Et comme sur tous les réseaux sociaux, ces influenceurs ont peu à peu acquis un pouvoir qui va au-delà des marques qu'ils représentent.

Ainsi, Hikaru Nakamura, membre du top dix mondial depuis plus de dix ans et ambassadeur de chess.com, a près de deux millions de followers sur Twitch et plus de deux millions sur YouTube. Il a aujourd'hui plus d'influence que n'importe quel champion du monde. Les sœurs Botez, n'étant que de bonnes joueuses amatrices, sont néanmoins devenues de véritables stars sur Twitch, jouant aux échecs devant des milliers d'internautes. En France, Kévin Bordi, hôte de Blitzstream, parmi les plus importantes chaînes en ligne françaises, est plus connu que tous les meilleurs joueurs français du moment.

Comme aux échecs, du fait de la caisse de résonance offerte par les réseaux sociaux, la voix de certains individus reconnus pour leur performance et leur expertise dépasse désormais la voix des institutions. Les prises de position d'Elon Musk sont plus écoutées que celles des plus grands chefs d'État. Son pouvoir d'influence n'est, en effet, pas dû aux résultats d'une élection, mais à l'impact direct et quasi quotidien sur la population mondiale du résultat de ses décisions de patron d'un groupe global.

Cette évolution du monde des échecs vers plus d'acteurs politiques et économiques, un pouvoir plus partagé et évolutif, de nouveaux modèles de développement et d'influence reflète parfaitement la complexité du monde actuel. Notre monde est désormais moins facile à lire, à décrypter, les interactions sont de plus en plus complexes, les sources d'information et d'analyse sont multiples et libres d'accès, l'accès au pouvoir est de plus en plus rapide, le pouvoir d'agir et de transformer la société n'a jamais été autant réparti. Le monde est en ébullition et la situation en mouvance permanente.

3.1.3 Des instances challengées

Cette transformation en profondeur du monde traditionnel par la révolution digitale a un impact direct sur les systèmes de gouvernance. La globalisation et la digitalisation rebattent complètement les cartes. Dans le monde des échecs, comme dans la société, les modèles de pouvoir sont challengés et remis en question.

Ainsi, la FIDE, instance politique traditionnelle des échecs, voit son pouvoir historique absolu s'effriter. En effet, les fédérations nationales qu'elle représente politiquement ont de plus en plus de mal à traduire la réalité de la pratique des échecs. Les pratiquants sont certes de plus en plus nombreux dans les clubs, néanmoins ils ne représentent qu'une petite partie des joueurs et de la pratique des échecs. Les clubs ou les écoles d'échecs qui étaient auparavant la communauté de base ne sont plus aujourd'hui que l'une des nombreuses communautés auxquelles les joueurs d'échecs débutants ou confirmés ont accès. Ils disposent, en face-à-face et/ ou en ligne, d'une palette de choix larges et en évolution. Pour la pratique physique, la mode des « cafés échecs » lancée par la série Netflix en est un bel exemple, et les communautés Twitch et YouTube offrent une multitude d'options pour la pratique digitale. Sans parler des compétitions en ligne organisées par des streamers qui permettent à leurs followers digitaux de jouer ensemble, dans un même lieu physique. Quand l'héritage transmis par une institution ne représente plus les attentes de ses membres, soit elle évolue, soit son existence même est remise en question. C'est à la FIDE, en tant qu'institution, de comprendre ces évolutions et de générer les changements nécessaires.

Cela est d'autant plus nécessaire que du fait de l'accroissement des tournois privés et de l'explosion du jeu en ligne, elle ne conserve comme prérogatives institutionnelles que le classement Elo en présentiel, la représentation du jeu d'échecs auprès du CIO et le titre de champion du monde. On peut d'ailleurs aujourd'hui se poser la question de la pertinence du titre de champion du monde officiel quand on voit Magnus Carlsen, toujours considéré comme le meilleur joueur de la planète, renoncer à ce titre tout en continuant à participer aux tournois majeurs. On peut aussi s'interroger sur la capacité qu'aura la FIDE de maintenir le classement Elo actuel basé uniquement sur les parties en présentiel. Il ne concerne en effet que trois cent mille joueurs actifs dans le monde quand le classement Elo en ligne calculé par chess.com concerne déjà dix millions de joueurs pour un milliard de parties jouées sur un seul mois. Par ailleurs, chaque plateforme dispose aujourd'hui de son propre classement Elo ce qui accroît encore la complexité de la lecture du niveau de chaque joueur et la crédibilité du classement de la FIDE.

La FIDE a ainsi été totalement dépassée par les nouveaux acteurs du monde digital. Elle ne dirige plus l'évolution du monde des échecs, ni dans son développement auprès du grand public, ni dans son exposition médiatique, ni dans son modèle économique. Elle est simplement garante du volet politique, des traditions historiques et du pouvoir déclinant des fédérations. Elle doit impérativement trouver des solutions pour s'intégrer à ce nouveau modèle digital sous peine de disparaître.

Au même titre que la FIDE, de nombreuses institutions politiques traditionnelles et verticales affrontent les mêmes challenges et doivent prendre les mêmes décisions : évoluer ou mourir pourrait être leur mantra pour survivre à la révolution digitale. Les lois de l'évolution et la nécessité d'adaptation ne s'appliquent pas qu'aux êtres vivants.

3.2 L'IA, l'Intelligence Augmentée

L'intelligence est encore un concept qui peine à être défini par la communauté scientifique, néanmoins, elle considère qu'il s'agit de « la capacité à traiter l'information pour apprendre, comprendre ou s'adapter à de nouvelles situations ». Or, il s'agit bien du principe fondamental du processus de la pensée échiquéenne. Les échecs sont une succession permanente d'adaptations basées sur une réalité en perpétuelle évolution.

Il n'est donc pas surprenant que, comme nous l'avons vu, les échecs soient devenus, au fil du temps, un symbole, voire un étalon de l'intelligence humaine. Il n'est donc pas non plus surprenant que les échecs soient devenus, dès l'origine de l'informatique, le champ d'expérimentation privilégié de tous les chercheurs. Les échecs sont à l'informatique et à l'intelligence artificielle ce que la drosophile[20] a été à la génétique.

Des premiers programmes développés jusqu'aux dernières évolutions de l'intelligence artificielle et aux questions qu'elles posent, les échecs accompagnent le monde sur la voie vers l' « Intelligence Augmentée ».

3.2.1 La matrice de l'informatique

Les liens qui unissent informatique et échecs sont historiques et étroits. Ils remontent aux débuts de l'histoire de l'informatique et ont continué de se renforcer jusqu'à devenir naturels aujourd'hui. La raison en est évidente : le jeu d'échecs nécessite une grande capacité de mémoire, de calcul et d'analyse prévisionnelle. Cela en fait un domaine de jeu idéal pour créer, tester et développer des algorithmes, challenger les capacités cognitives et de calcul des ordinateurs. Ces recherches constituent en outre un défi compétitif entre générations de joueurs et de développeurs. La compétition au service de la recherche, de l'intelligence et du pouvoir, que rêver de mieux ?

Ainsi, avant même que les premiers ordinateurs soient effectivement développés, celui qui est unanimement reconnu comme le fondateur de l'informatique moderne, Alan Turing, développe en 1948, avec D.G. Champernowne, un algorithme de jeu d'échecs, « Turochamp ». Ce programme est écrit pour un ordinateur qui n'existe pas encore ! L'algorithme de Turing, simplement posé sur

20. Moucheron devenu une star de la science spécifiquement dans le domaine de la génétique.

le papier, se voit ainsi donner le nom de « Paper machine[21] ». Alan Turing et D.G. Champernowne inventent un système d'évaluation des positions basé sur des critères précis de sécurité du Roi, de mobilité des pièces et de déplacements possibles ainsi que sur des valeurs données à chaque pièce. Même s'il n'a pas été achevé et si le niveau de jeu demeurait faible, il s'agit sans aucun doute du premier programme informatique et du premier programme de jeu d'échecs de l'histoire. Lors de la partie d'échecs organisée entre Turochamp et Garry Kasparov à l'occasion du centenaire de la naissance d'Alan Turing en 2012, malgré une victoire expéditive de Garry Kasparov en seize coups, celui-ci, admiratif, déclare : « Turing a écrit les algorithmes sans même avoir d'ordinateur. De jeunes scientifiques ne croiraient même pas cela possible. Ce fut un accomplissement exceptionnel[22] ».

Dès 1951, Dietrich Prinz, qui a suivi les séminaires de programmation d'Alan Turing, poursuit sur sa lancée. Il développe le véritable premier programme d'échecs fonctionnant sur ordinateur, le Ferranti Mark I du Massachusetts Institute of Technology (MIT). Encore limité par la puissance informatique, le programme permet de résoudre des problèmes de mat en deux coups avec une durée de calcul de quinze à vingt minutes. Dietrich Prinz est persuadé que les échecs sont « la piste qui permet d'identifier les méthodes pour traiter des problèmes structurels et logistiques dans d'autres secteurs, grâce aux ordinateurs[23] ».

Ce nouveau programme marque le début d'une nouvelle compétition. Une compétition effrénée entre d'abord intelligence humaine et puissance informatique et désormais entre intelligence humaine et intelligence artificielle. Une compétition avec les échecs comme champ de bataille, champ d'expérimentation, et étalon objectif de la performance et du pouvoir intellectuel.

21. Beavers Anthony, Cooper S. Barry, van Leeuwen Jan (éd.), *Alan Turing: His Work and Impact*, 2013.

Turing utilisait du papier et un crayon pour appliquer son algorithme, nécessitant plus d'une demi-heure pour calculer chaque mouvement.

22. Brid-Aine Parnell, « Chess algorithm written by Alan Turing goes up against Kasparov », *The Register*, 26 juin 2012.

23. Copeland B. Jack (éd.), *The Essential Turing*, 2004, p. 564-565.

Au même titre que pour la conquête spatiale, la compétition durant toute la guerre froide entre les blocs américain et russe va accélérer le développement de l'informatique au travers des échecs. Dès 1958, Herbert Simon, économiste et sociologue américain, lauréat du prix Nobel d'économie en 1978, utilise les échecs pour identifier les processus de décision. Son but n'était certes pas d'améliorer la performance, mais d'explorer les processus de décision humains. Utilisant des « joueurs-robots », et renforçant leurs capacités échiquéennes, il a fondé les premières bases de la capacité d'apprentissage de l'Intelligence Artificielle. Il est par ailleurs le premier à prédire la supériorité à venir de l'ordinateur sur l'homme dans les échecs[24].

En parallèle, en Russie, en 1963, après sa dernière défaite au championnat du monde, Mikhail Botvinnik, champion du monde, décide de quitter la scène sportive et de se consacrer à la programmation informatique du jeu d'échecs. Il prend un chemin différent de Simon en s'appuyant avec ses équipes sur les algorithmes et la puissance machine plutôt que sur les processus décisionnels. Il parie lui aussi sur la domination de la machine sur le cerveau humain et annonce que dans les cinquante prochaines années, grâce aux algorithmes et à la puissance de calcul, les ordinateurs battront les hommes. Il aura juste fait une erreur de seize ans, Kasparov s'inclinant contre Deep Blue en 1997.

À partir de 1966, la compétition entre les États-Unis et l'URSS s'accélère : l'équipe de Botvinnik lance le programme russe Kaissa du nom de la déesse des échecs pendant que, en 1967, Richard Greenblatt et Thomas Knight développent MacHack au MIT. Ce sera le premier programme qui jouera contre des humains en conditions de tournoi et recevra un classement Elo. Fondées toutes les deux sur des principes traditionnels, ces machines vont être perfectionnées jusqu'à battre rapidement des joueurs amateurs de bon niveau. Néanmoins, la distance est encore grande entre l'intelligence humaine et l'intelligence informatique.

24. Simon H. A., Newell Allen, « Heuristic Problem Solving: The Next Advance in Operations Research », *Operations Research*, 1958, 6, p. 1-10.

En 1967 également, Kaissa bat son rival américain Kotok-McCarthy développé par IBM. La course à la performance et au leadership informatique et échiquéen entre pays et entre équipes de développement est définitivement lancée. Elle va s'accélérer dans les années suivantes avec comme conséquence immédiate la création d'un championnat du monde d'échecs des ordinateurs dont la première édition a lieu en 1974 à Stockholm et est remportée une nouvelle fois par Kaissa.

Les échecs informatiques débutent alors leur âge adulte et vont continuer à porter en parallèle la montée en puissance des calculateurs et la vulgarisation de l'informatique.

Dès 1976, au même moment que le lancement de l'Apple II considéré comme le premier vrai micro-ordinateur personnel, les échecs font entrer l'informatique dans les familles avec la mise sur le marché de Chess Challenger. Ce jeu électronique permet d'affronter l'ordinateur à son domicile et connaît un succès fulgurant puisque la version 7 lancée en 1979 est vendue à six cent mille exemplaires dans le monde. Il marque ainsi le premier pas de la distribution des outils digitaux personnels dans l'histoire contemporaine et le début de la micro-informatique.

Accompagnant le déploiement des ordinateurs personnels, des sociétés comme ChessBase en 1991 et Chessmaster en 1993 créent des programmes d'échecs commerciaux qui peuvent être exécutés sur ces ordinateurs. Cependant, ces premiers programmes accessibles à l'ensemble des joueurs sont encore relativement faibles comparés à des joueurs humains expérimentés. Ils ne peuvent pas explorer suffisamment de coups à l'avance, le matériel, processeur et/ ou carte graphique, n'étant pas assez performant. Ils ouvrent néanmoins la voie aux futurs modules individuels d'évaluation du jeu.

S'appuyant sur l'expérience télématique française, prémices du futur web, la première compétition en ligne de l'histoire du jeu d'échecs a lieu en 1984, en France. Boris Spassky joue contre huit clubs français sur minitel. Jouer en ligne devient dès lors accessible pour tous. Il suffisait de disposer d'un point d'accès Minitel au réseau télématique. Le journal français *Libération* crée dès 1985 son site 3615 ROQUE et devient ainsi la première plateforme de jeu en ligne de l'histoire.

En parallèle, les supercalculateurs continuent de développer leur capacité échiquéenne, notamment l'ordinateur informatique « Belle ». Développé par Joe Condon et Ken Thompson chez Bell Labs, c'est le premier ordinateur à utiliser un hardware spécifique aux échecs. Il triomphe au championnat du monde des ordinateurs en 1980 et obtient le niveau de Maître en 1983 avec un classement Elo de plus de 2300. Il est le précurseur et le géniteur de la future génération des Deep Blue qui vont marquer le tournant majeur de l'évolution de l'informatique. En 1985, le programme HiTech réalise une performance Elo à 2530 lui permettant d'atteindre le niveau de Grand Maître international.

La course s'accélère. Intel Corporation sponsorise de nombreux grands tournois d'échecs de la Professional Chess Association fondée par Garry Kasparov. Lors de l'Intel Grand Prix de Londres en 1994, joué en cadence rapide, Chess Genius, un programme informatique utilisant le processeur le plus rapide d'Intel, bat Garry Kasparov 1,5-0,5 au premier tour. L'ordinateur finira par s'incliner face à Vishy Anand en demi-finale. Les machines sont prêtes à détrôner l'être humain, mais il convient de le faire dans des parties longues où l'Homme a un temps de réflexion suffisant.

La voie est désormais tracée. Il ne reste plus à l'ordinateur qu'à battre le champion du monde mondialement reconnu pour lancer la grande compétition entre intelligence humaine et intelligence informatique puis artificielle.

3.2.2 *La voie vers l'intelligence artificielle*

Inspiré par l'architecture informatique de l'ordinateur « Belle », le Taiwano-Américain Feng-hsiung Hsu commence en 1985 à l'Université Carnegie Mellon aux États-Unis le développement de Chiptest puis de son successeur Deep Thought. L'équipe rejoint IBM Research en 1989 pour poursuivre son projet en profitant des moyens et de la puissance du leader de l'informatique mondiale. Leur objectif affiché est de construire une machine capable de battre le champion du monde d'échecs.

Dès 1996, fort de ses recherches, IBM propose à Garry Kasparov, d'affronter Deep Blue, héritier de Deep Thought. Cette première confrontation est remportée 4 - 2 par le champion du monde. Pour comprendre la capacité de calcul nécessaire à l'époque, le Deep Blue de 1996 mesure près de deux mètres de haut et pèse 700 kilos, c'est un supercalculateur doté de 256 processeurs spécialisés fonctionnant en parallèle, un monstre.

En 1997, le match revanche est organisé, Deep Blue, devenu du fait de son perfectionnement « Deeper Blue », réalise l'exploit historique de battre le champion du monde d'échecs dans un match en six parties sur le score de 3,5 - 2,5. En 1997, Deeper Blue mesure 1,80 m et pèse 1,4 tonne. Il faut vingt personnes pour le faire fonctionner. Deeper Blue évalue des millions de positions possibles à chaque coup et sélectionne le meilleur coup grâce à un système de notation heuristique[25].

Bien que cette victoire soit un exploit historique ouvrant la voie à d'autres recherches, Deeper Blue avait été spécifiquement optimisé pour jouer aux échecs. Capable de traiter des millions d'informations, de les comprendre et de s'adapter, il n'avait néanmoins pas de véritables capacités d'apprentissage. On ne peut donc pas encore parler d'intelligence artificielle. Il faudra attendre encore près de vingt ans pour qu'un nouveau séisme dans le monde des échecs démontre l'émergence de la véritable intelligence artificielle.

L'intelligence humaine étant désormais définitivement dépassée, l'affrontement se porte désormais sur un combat entre ordinateurs pour savoir qui des supercalculateurs ou de l'intelligence artificielle va désormais triompher. En 2018, DeepMind, filiale de Google, fondée en 2010 par Demis Hassabis publie dans la revue *Science* le résultat de l'affrontement entre AlphaZero, une IA, et

25. Qui procède par approches successives en éliminant progressivement les alternatives et en ne conservant qu'une gamme restreinte de solutions tendant vers celle qui est optimale.

Stockfish 8, le meilleur logiciel de jeu d'échecs descendant direct de Deeper Blue. Sur 12 matchs de 100 parties, AlphaZero en a gagné 290 et n'en a perdu que 24 et fait 886 matchs nuls. L'intelligence artificielle a définitivement supplanté les supercalculateurs.

En effet, AlphaZero est une vraie IA qui a appris à jouer aux échecs en utilisant uniquement l'auto-apprentissage au lieu de se reposer sur des connaissances humaines préprogrammées. En quatre heures seulement, l'IA a été capable de maîtriser le jeu d'échecs et a réussi à surpasser la majorité des moteurs d'échecs existants en utilisant simplement les règles du jeu comme point de départ. En outre, AlphaZero a démontré une compréhension du jeu qui a bouleversé certaines ouvertures établies et a proposé de nouvelles idées stratégiques. Demis Hassabis, le PDG de DeepMind Technologies, a déclaré récemment : « Si vous programmez l'IA pour jouer aux échecs le matin, elle peut battre la plupart des joueurs le midi et le soir, elle est plus forte que les champions du monde[26] ».

La structure de décisions de l'IA est, comme pour le cerveau humain, basée sur un réseau de neurones, plusieurs centaines de milliers pour AlphaZero contre quatre-vingt-quatre milliards pour l'homme. Ces neurones, structurés en quatre-vingts couches différentes, apprennent lors de chaque partie jouée quelles sont les positions possibles et le coup offrant la meilleure probabilité de gain. La réitération des parties en grand nombre permet ainsi au réseau de neurones d'affiner progressivement sa prise de décision et de s'auto-améliorer en permanence. Il s'agit bien d'un processus d'apprentissage itératif, un apprentissage par la pratique.

Comme pour les supercalculateurs dont les programmes ont été reproduits sur les ordinateurs personnels des joueurs d'échecs pour leur permettre d'améliorer leurs performances, l'IA est désormais également mise à leur disposition. Si AlphaZero de Google n'est pas un outil accessible aux joueurs d'échecs, Leela Chess Zero est un projet open source qui en est inspiré. Développé par des passionnés d'IA et des échecs, il utilise aussi le principe de

26. Interview CBS – 60 minutes, 17 avril 2023.

l'apprentissage profond et est devenu un outil précieux pour leur préparation.

Finalement, l'Intelligence Artificielle d'AlphaZero et de Leela Chess Zero suit les mêmes principes que l'intelligence humaine. Le traitement de l'information, la compréhension de cette information, l'adaptation au contexte et finalement l'apprentissage en sont les bases, la répétition en est le fondement. La différence majeure est la vitesse à laquelle ce processus se réalise. Ainsi, il faut une seconde à AlphaZero pour jouer le même nombre de parties qu'un joueur confirmé joue en un mois.

Néanmoins, une différence majeure demeure entre l'Intelligence Artificielle et l'Intelligence Humaine. L'IA n'a pas d'émotion, et joue systématiquement le meilleur coup de la position suivant les probabilités de gain. Le joueur humain possède, lui, une intuition et une créativité que les IA n'ont pas encore atteintes. Il peut décider d'ajuster son évaluation en fonction de son adversaire, du temps restant à la pendule, de la physionomie de la partie, et d'une balance bénéfices/risques. Les meilleurs joueurs peuvent parfois prendre des décisions basées sur leur compréhension globale du contexte et leur expérience, même si les évaluations numériques suggèrent des alternatives différentes.

Magnus Carlsen est, par exemple, connu pour ne pas toujours jouer le meilleur coup. Il choisit parfois de volontairement laisser de côté une position évidente pour mettre son adversaire dans la difficulté et le forcer à faire des choix qui peuvent l'amener à l'erreur. En fait, il joue, dans ce cas, sur la résistance de son adversaire aux dépens de l'évaluation objective d'une position. Il peut privilégier une probabilité d'erreur de son adversaire aux dépens d'une probabilité de gain.

La prochaine évolution de l'IA pourrait donc être son « humanisation », par la capacité à intégrer une intelligence émotionnelle à l'intelligence artificielle. Elle pourrait ainsi s'adapter à chaque moment aux différentes contraintes environnementales et à l'adversaire qu'elle affronte. C'est d'ailleurs sur cette approche que travaille Microsoft Research, dans le cadre du projet Maia Chess, avec pour objectif de comprendre et prédire le jeu humain. Les échecs sont de nouveau la mère porteuse de l'évolution technologique.

Nous n'en sommes néanmoins pas encore à ce niveau. L'Intelligence Artificielle a certes réussi à reproduire et à dépasser, au moins dans les échecs, l'intelligence humaine, dans sa définition purement scientifique. Il reste à l'homme et bien sûr au joueur d'échecs son intelligence émotionnelle. Si le joueur d'échecs utilise pour progresser l'Intelligence Artificielle mise à sa disposition et y ajoute son Intelligence Émotionnelle, il peut devenir quasi imbattable pour un adversaire humain.

L'émergence de l'Intelligence Artificielle devrait donc nous amener à nous poser la question de la définition de l'intelligence humaine et de son évaluation. L'Intelligence Artificielle pourrait ainsi devenir non un concurrent, mais un véritable outil pour l'humanité. Un outil qui libérerait du temps d'analyse. Un outil qui permettrait de manière itérative, par osmose, entre l'homme et l'IA, de développer l'intelligence traditionnelle tout en renforçant le poids de l'intelligence émotionnelle pour créer une véritable « Intelligence Augmentée ». Ramené au monde des échecs, Magnus Carlsen serait en cela l'exemple de cette Intelligence Augmentée.

3.3 Le temps et l'espace augmentés

Une disruption majeure intervient au milieu du XIXe siècle. Elle va changer en profondeur l'histoire de l'humanité comme celle des échecs. Il s'agit de l'irruption du temps comme acteur majeur de la vie sociale, politique et économique. Et comme toujours, cette révolution d'abord silencieuse de la société est immédiatement visible dans le monde des échecs. L'émergence du temps comme « troisième joueur » sur l'échiquier va directement et fortement impacter le jeu d'échecs et sa pratique.

Les échecs sont ainsi un excellent miroir de la prise de pouvoir du temps dans la société. Au fil des changements technologiques qui ont accompagné la révolution industrielle et qui accompagnent aujourd'hui la révolution digitale, le temps s'est accéléré de manière exponentielle. De la mesure de la performance à l'accès à l'information, le temps est de plus en plus court. La réflexion doit être de plus en plus rapide et la prise de décision de plus en plus immédiate. Les nouvelles manières de jouer facilitées par les progrès technologiques symbolisent parfaitement les changements profonds de comportement de la génération digitale.

Mais pour mieux percevoir cette évolution, revenons d'abord un peu en arrière. Au milieu du XIXe siècle, l'industrialisation de l'Europe transforme les travailleurs en population ouvrière. Et, pour la première fois de l'histoire, sous la pression de politiques éclairés et non d'ecclésiastiques, le temps de travail est normalisé. Le Factory Act en 1833 en Angleterre puis le décret de septembre 1848 en France fixent la limite de la durée du travail dans les industries. Ces lois marquent l'émergence de la notion de productivité industrielle. Limiter le temps de travail pour protéger la population ouvrière certes, mais néanmoins avec l'objectif d'en faire toujours plus. En cela, ces lois sociales de protection des classes ouvrières vont également constituer le ferment du taylorisme[27] et du stakhanovisme[28].

C'est aussi durant cette même période que, pour la première fois, une partie d'échecs va devoir être réalisée dans un temps imparti. Jusque-là, une partie n'avait pas de durée fixée et chaque joueur pouvait prendre le temps qu'il souhaitait pour réfléchir et décider de jouer un coup. **D'ailleurs, le match par correspondance le plus emblématique a eu lieu de 1824 à 1828, soit une durée de quatre ans. Il opposait les clubs d'échecs des villes d'Edimbourg et de Londres.** Les coups choisis par chaque club étaient envoyés par

27. Méthode d'organisation scientifique du travail industriel, par l'utilisation maximale de l'outillage et la suppression des gestes inutiles.
28. Méthode de propagande soviétique utilisant les performances d'Alexei Stakhanov pour faire l'apologie d'un travailleur productif et dévoué à son travail.

courrier à cheval ou par diligence aux joueurs adverses et publiés dans les journaux pour permettre au public de suivre l'évolution du match.

Tout change en 1861, lors du match entre Adolf Anderssen et Ignatz Kolisch, à Londres bien sûr. Pour la première fois, une mesure du temps de jeu est instaurée. Chaque joueur a ainsi deux heures pour jouer vingt-quatre coups. En 1876, deux chronomètres distincts sont utilisés dans le match opposant Wilhelm Steinitz à Joseph Blackburne. Enfin, la mesure du temps connaît sa dernière évolution avec le chronométrage mécanique et les premières pendules à bascule qui apparaissent lors du tournoi de Londres en 1883. Ces innovations fixent l'environnement temporel du jeu d'échecs pour les cent prochaines années.

En quelques années, de manière contiguë, le temps s'est ainsi invité comme un acteur majeur de la société et du monde échiquéen. C'est pour les échecs une véritable révolution intellectuelle. Le temps devient une contrainte supplémentaire dans le jeu, un adversaire ou un partenaire avec lequel il va falloir compter. Le temps est aussi un moyen de contraindre l'expression de l'intelligence des deux joueurs. Ils doivent réfléchir et agir plus vite, sous pression. L'entrée du temps dans les échecs marque l'émergence dans la société d'une notion que l'on pourrait qualifier de productivité intellectuelle, parallèle parfait de la productivité industrielle. Les joueurs d'échecs pointent durant la partie comme les ouvriers pointent à l'usine et bientôt le « jour homme » deviendra l'unité de valeur générale pour calculer le coût et la durée d'une mission.

Cette mesure du temps va également changer structurellement la pratique des échecs. Dans la mesure où le temps peut et doit être mesuré, les joueurs vont naturellement se lancer de nouveaux défis et, progressivement, la notion de parties « courtes » va apparaître. Plus de contraintes égale plus de compétition. Certaines parties ou tournois vont d'ailleurs donner de la visibilité à ces nouvelles manières de jouer. Ainsi, en 1914, José Raúl Capablanca affronte Emanuel Lasker à Berlin lors d'un match en « blitz ». Et, en 1970, le premier championnat du monde non officiel a lieu en Yougoslavie en marge du match URSS contre le reste du monde. Néanmoins, les parties traditionnelles demeurent encore la norme, les parties courtes n'étant pas vues par le microcosme échiquéen comme une pratique noble.

Il faut attendre la fin des années 80 pour que la donne change. En 1988, la FIDE organise le premier championnat du monde officiel de « blitz » et de parties rapides. Les innovations technologiques vont accélérer la tendance et faire basculer les échecs dans une nouvelle dimension, la dimension digitale. Les nouveaux médias de communication Telex, Minitel, Internet ainsi que l'accroissement de la puissance des calculateurs et l'interconnexion des réseaux vont directement impacter la notion de temps. Dans la société comme dans l'écosystème échiquéen, les échanges et l'accès à l'information, son temps de traitement dans une partie ou dans le travail vont dès lors s'accélérer de manière exponentielle.

En moins de quarante ans, le jeu d'échecs passe d'une pratique prioritairement basée sur des parties en face-à-face d'une durée moyenne de cinq heures à une pratique protéiforme. Un joueur d'échecs a aujourd'hui le choix entre affronter un adversaire lors de parties physiques traditionnelles, lors de parties rapides de moins d'une heure, de « blitz » de moins de cinq minutes ou de « bullet » de moins d'une minute. Jouées prioritairement sur les plateformes en ligne, ces parties courtes donnent aux joueurs d'échecs une souplesse incomparable dans la pratique du jeu.

Le développement de ces nouveaux formats de jeu parfaitement adaptés au monde digital, sans perdre la tradition de l'échiquier physique, a permis de faciliter l'accès aux échecs, d'élargir le public de pratiquants et surtout d'offrir une liberté totale de l'utilisation de son temps personnel. Ainsi, quel que soit son niveau, selon le temps disponible, un joueur peut désormais pratiquer quand il le souhaite, où il le souhaite, sur un support digital ou physique en maximisant son plaisir ou son apprentissage. Le fameux « Anytime, Anywhere, Any Device[29] » inscrit au frontispice du temple digital.

29. N'importe quand, n'importe où, avec n'importe quel support.

Dans cette fusion parfaite du physique et du digital, le jeu d'échecs est encore une fois totalement représentatif de notre époque et des nouveaux comportements de consommation. Ce mélange de physique et de digital a d'ailleurs abouti à la création d'une nouvelle réalité : le « phygital ». Terme certes barbare, mais qui définit parfaitement le mélange des genres intrinsèque au monde contemporain comme au monde des échecs. Ce n'est pas parce que l'on joue en ligne sur son smartphone, sa tablette ou son ordinateur que l'on ne joue pas également en face-à-face, et réciproquement. Finalement, l'un est au service de l'autre et non en concurrence. Les modes d'accès au jeu, physiques ou digitaux, et les différentes pratiques, longues ou « bullet », s'additionnent, diminuent les contraintes et renforcent l'attractivité des échecs en créant une véritable liberté de choix. Loin d'avoir tué le jeu d'échecs en présentiel, l'accélération possible du temps de jeu et sa digitalisation l'ont au contraire développé. La FIDE n'a d'ailleurs jamais eu autant de joueurs actifs qu'aujourd'hui et les tournois physiques n'ont jamais connu autant d'affluence.

Le « fast » et le « online » ne sont pas la nouvelle norme, c'est une nouvelle offre, plus large, plus souple, plus globale qui vient élargir le champ des options individuelles et redonner la liberté de choix à l'individu. Il a ainsi la possibilité de décider comment gérer son temps en allant au plus simple et au plus rapide ou au contraire en prenant le temps, s'il le souhaite ainsi.

Que ce soit dans la restauration, dans la consommation, dans l'accès à des contenus culturels, politiques ou sportifs, dans la communication entre individus, dans l'information, partout, l'offre s'est élargie. Chaque individu doit pouvoir choisir entre une solution digitale rapide, voire instantanée ou une solution traditionnelle physique ou les deux. Désormais, on peut ainsi assister à une partie d'échecs physique, tout en la suivant sur internet. On peut simultanément profiter des analyses expertes de Grands Maîtres sur les coups joués et sur l'évolution de la partie. On peut aussi décider d'accéder uniquement à la synthèse de la partie et de l'analyser en profondeur en revoyant certains moments clés.

Loin de la réduction exponentielle du temps disponible et de la création d'un sentiment d'urgence préjudiciable à l'humanité qu'annonçait Hartmut Rosa, sociologue et philosophe allemand, en 2010, le monde semble être plutôt entré comme les échecs dans une nouvelle ère : **l'ère du temps augmenté**.

3.4 L'éducation augmentée

3.4.1 L'apprentissage augmenté par la digitalisation

L'époque du Café de la Régence, premier club d'échecs ouvert au public, marque la descente des échecs dans la rue et leur popularisation progressive. Portés par leur passion nouvelle pour « le jeu des Rois », les grands penseurs de l'époque pratiquent les échecs en ayant comme unique viatique les règles de base du jeu. Dès lors, l'apprentissage par le jeu va constituer la base quasi exclusive de l'acquisition du savoir échiquéen pour les joueurs et les champions des deux siècles à venir. Il n'est pas question d'étudier des ouvertures, des principes stratégiques, des schémas de jeu ou des parties déjà jouées par de grands joueurs du passé, il est juste question de jouer le plus possible contre le plus d'adversaires possibles pour acquérir des réflexes issus de la pratique.

D'ailleurs, le style de jeu de cette époque, qualifié aujourd'hui de « romantique », traduit parfaitement la candeur et la simplicité originelle dans l'approche du jeu. L'objectif unique d'une partie est simple : mettre le roi adverse échec et mat. Le style romantique connaît son apogée au XIXe siècle, notamment avec Paul Morphy, Adolf Anderssen ou David Janowski. Le sacrifice de pièces et l'attaque sont privilégiés au profit de l'esthétisme du jeu. Il s'agit avant tout de mater le roi.

L'ambition d'un joueur d'échecs à cette époque n'est pas de ne pas perdre, mais de gagner à tout prix. L'absence de titre officiel de champion du monde et d'un système de financement réellement structuré permettent un développement des échecs basé sur la passion et le plaisir. En comparant avec les sports contemporains, il est aisé de dire que les échecs ne sont pas encore passés à l'ère du professionnalisme.

L'ère du professionnalisme et des échecs modernes commence avec Wilhelm Steinitz. Il est le premier à se servir de sa pratique romantique du jeu pour identifier des grands principes stratégiques fondamentaux permettant de contrôler l'échiquier. Poussé par sa volonté de domination du monde des échecs, il construit donc des schémas de jeu lui permettant d'être plus efficace vis-à-vis de ses contemporains. Il prend le contre-pied de l'attaque à tout prix pour privilégier le positionnement harmonieux des pièces. Il devient ainsi le père du jeu dit « positionnel » et par là même des échecs dits « modernes ». L'apprentissage a donné naissance à la connaissance.

Bien sûr, comme dans toute révolution des idées, ce changement est d'abord perçu négativement par ses pairs qui refusent la remise en question de l'existant. Wilhelm Steinitz est même qualifié de « lâche ». Sa rivalité avec Johannes Zukertort, le plus grand champion de l'époque, dernier héraut des romantiques, devient un vrai sujet polémique dans la presse. À tel point que leur affrontement est nommé la « guerre des encres » par les médias. Il faudra attendre la victoire de Wilhelm Steinitz au premier championnat du monde de l'histoire en 1886 pour que son approche du jeu s'impose définitivement comme le modèle du jeu moderne.

Au-delà du succès d'un grand champion, c'est une nouvelle approche de l'étude du jeu d'échecs qui se fait jour : l'apprentissage donne naissance à la connaissance. La connaissance de différents modèles de jeu devient en effet aussi importante que la pratique pour atteindre la performance. Il reste encore à mettre en place la méthode d'apprentissage des connaissances. Elle va pouvoir s'appuyer sur une littérature échiquéenne de plus en plus riche.

Bien sûr, Wilhelm Steinitz est le premier à théoriser les principes fondamentaux du jeu. Il écrit en 1889 son livre *Modern Chess Instructor*. Il y élabore un système de jeu basé sur le développement et la mobilité des pièces et la structure de pions. Une attaque ne peut être réussie que si elle repose sur une position saine. Pour Steinitz, si le mat est le but, il n'est pas le seul de la partie.

Cette première théorisation du jeu d'échecs qui construit les bases de connaissances nécessaires à la compréhension du jeu va s'enrichir rapidement. Emanuel Lasker, Alexandre Alekhine, José Raúl Capablanca, Aron Nimzowitsch, Xavier Tartakower, Siegbert Tarrasch au début du XXe siècle puis Reuben Fine et Max Euwe ainsi que la majorité des grands champions vont contribuer directement par leurs publications à construire cette base de connaissances échiquéennes. Ils analysent leurs parties gagnées ou perdues, proposent des ouvertures, définissent des schémas de jeu. Issues du cerveau des plus grands experts des échecs de l'époque, ces publications constituent la bible du jeu. Dès lors, la pratique devra se nourrir de la connaissance scientifique pour construire la performance.

La structuration de ce nouveau mode d'apprentissage global fondé sur l'étude théorique et historique tout autant que sur une pratique en face-à-face intensive prend réellement toute sa dimension en Union soviétique. Sous l'égide de Nikolai Krylenko, l'étude des publications existantes est systématisée, la production d'une littérature échiquéenne experte organisée et la pratique structurée. Les champions d'échecs soviétiques ont ainsi la chance d'acquérir un savoir échiquéen sans équivalent. La sélection, la connaissance, ajoutées à un encadrement de la pratique, leur donnent rapidement une dimension mondiale. Nous en connaissons le résultat avec la domination sans partage de l'Union soviétique sur le monde des échecs durant un demi-siècle et son impact majeur sur l'émergence à venir des nouvelles puissances échiquéennes.

Ce système de formation extrêmement performant est pourtant très contraint. Le joueur d'échecs ne peut accéder qu'au contenu échiquéen publié, dans sa langue originale d'impression et lorsqu'il est accessible. Le nombre de professeurs d'échecs est limité et surtout la pratique du jeu nécessite encore un échiquier et un partenaire disponible. Enfin, la mesure de la performance et du niveau d'expertise ne peut se faire que par rapport à ses pairs ou en participant à des tournois officiels pour aller chercher un classement Elo.

Toutes ces contraintes limitent la diffusion de la connaissance et l'accélération de la pratique. Elles vont complètement disparaître avec la révolution digitale.

La première barrière à être levée est l'accès à l'information. Les bases de données publiant l'ensemble des parties jouées dans le monde sont mises à disposition d'abord sur des supports informatiques puis en ligne. Ces bases de données offrent désormais un accès libre et instantané à la somme de la connaissance échiquéenne. Une connaissance qui de plus s'enrichit en permanence et de manière exponentielle grâce à l'archivage de la somme des parties jouées en face-à-face ou en ligne, par des humains ou des ordinateurs dans le monde entier.

La production de la connaissance théorique est également directement impactée. Elle n'est plus désormais l'apanage exclusif de grands prédécesseurs, experts légitimés par leur titre de champions. De propriétaire, elle devient open source. Certaines lignes d'ouverture par exemple deviennent références alors qu'elles ont été jouées par des pratiquants, certes éclairés, mais certainement pas champions du monde. Comme pour Wikipedia, chacun peut proposer son apport et c'est la communauté des pratiquants qui décide de sa qualité et de sa valeur pour l'ensemble de l'écosystème échiquéen. Qui plus est, l'assistance de l'ordinateur, désormais accessible gratuitement en ligne, dans la préparation des parties permet de remettre en question des schémas traditionnellement établis. La théorie des échecs est ainsi entrée dans une phase d'évolution permanente.

Quant à la pratique, depuis internet, il n'est plus nécessaire d'avoir un échiquier et un partenaire disponible, il suffit d'avoir un smartphone, une tablette ou un ordinateur à sa disposition pour trouver, où que ce soit dans le monde, un partenaire du niveau recherché pour jouer une partie de la durée que l'on désire. Cette fluidité a fait exploser le nombre de parties jouées par chaque pratiquant et permis ainsi une progression accélérée de l'expertise individuelle.

L'apprentissage a également été révolutionné par la digitalisation. Le professeur d'échecs dans l'environnement des clubs demeure toujours central pour la formation et l'accompagnement des jeunes pratiquants. Néanmoins, internet a redonné la liberté aux joueurs plus matures de choisir les connaissances à acquérir en fonction de leur niveau de jeu. Ils peuvent ainsi accéder en ligne, quand ils le souhaitent, à des contenus pédagogiques adaptés. Ils peuvent apprendre des ouvertures et résoudre des problèmes d'échecs sur des plateformes digitales. Ils peuvent consulter directement des Grands Maîtres pour bénéficier de leurs conseils. Enfin, les joueurs d'échecs peuvent assister à des parties en streaming jouées par certains Grands Maîtres et aux commentaires qu'ils font simultanément expliquant leurs décisions. Hikaru Nakamura et ses deux millions d'abonnés est aujourd'hui le plus connu d'entre eux.

Enfin, la mesure de la performance individuelle de chaque joueur a été simplifiée et généralisée. La mesure de son niveau ne se fait plus localement avec ses partenaires de club, mais globalement avec la sphère des échecs tout entière et le classement Elo a été démocratisé. Toute partie en ligne est archivée et impacte bien sûr le classement individuel. Cette notation généralisée est un véritable accélérateur de la recherche de performance d'autant plus qu'elle est anonyme. Elle tire vers le haut les pratiquants, en leur permettant de se positionner par rapport à eux-mêmes et à la communauté des joueurs de la plateforme. Finalement, le club d'échecs prend ainsi une dimension mondiale.

Cette dernière révolution du processus d'apprentissage du savoir échiquéen, la révolution digitale, a eu un impact majeur sur le monde des joueurs amateurs. Ainsi, aujourd'hui, de bons joueurs amateurs seraient certainement capables de battre des Maîtres du style romantique du XIXe siècle.

Elle a aussi transformé en profondeur le monde des échecs professionnels. Le plus grand champion d'échecs contemporain, Magnus Carlsen, qui cumule depuis dix ans 15 titres de champions du monde, est à la fois un véritable historien des échecs et un joueur en ligne acharné. S'il est capable de reconnaître plus de dix mille positions de grandes parties d'échecs qui ont été jouées jusqu'à ce jour, il joue également des milliers de parties en ligne chaque mois. Il en est de même de tous les grands champions contemporains de Nakamura l'Américain à Gukesh l'Indien ou Ding Liren le Chinois.

Ainsi, le style de jeu dit « contemporain » serait une synthèse réussie de l'apprentissage très structuré des connaissances de l'école soviétique et d'une pratique passionnée et romantique des cafés du XIXe siècle. Le travail et l'étude, plus le plaisir du jeu en même temps, tout cela rendu possible et facilité par la digitalisation. Comme l'a écrit Jacob Aagaard, entraîneur de renom, sur « X » à propos des méthodes pédagogiques : « Je pense qu'étudier les classiques est utile, mais plus aussi essentiel. On ne peut pas tout étudier, cela donne de la liberté. Travailler sur ses faiblesses, oui, mais de la manière qui vous convient, travailler sur ses forces, de la manière qui vous rend heureux ».

3.4.2 Plus intelligents, plus jeunes, partout ?

Le style de jeu « contemporain » issu de cette révolution digitale du savoir échiquéen s'appuie sur la création d'un cercle vertueux. L'accès illimité à la connaissance, la libéralisation et la digitalisation de la pratique et de l'apprentissage permettent une fertilisation croisée entre expérience pratique et connaissances théoriques.

Le joueur d'échecs ne se forme plus à la russe, de manière verticale, mais bien de manière transversale, itérative. Il accède à la connaissance, la teste en réel et décide de l'intégrer ou non. Il en fait de même lorsqu'il pratique et souhaite enrichir ou améliorer son jeu en allant directement chercher en ligne la connaissance qu'il lui manque à cet instant, pour immédiatement la tester en réel et boucler ainsi la boucle. Il peut mesurer simultanément l'impact de cet apprentissage sur son classement.

Il est bien sûr accompagné, guidé dans cette quête de performance et de savoir par les influenceurs et les plateformes digitales de la communauté échiquéenne, mais aussi, s'il le souhaite, par des professeurs expérimentés et/ ou encadrés par des clubs.

Le cas de Faustino Oro, jeune argentin de 9 ans, dont les médias mondiaux ont fait le Lionel Messi du monde des échecs, est un bon exemple de l'impact de cette nouvelle méthode d'apprentissage. Il découvre les échecs par hasard à l'âge de 6 ans parce que son père préférait qu'il joue aux échecs qu'au football dans sa maison durant le confinement dû au covid. Son père lui crée par ailleurs un compte sur une plateforme en ligne. Passionné par le jeu, Faustino trouve seul sur internet les connaissances nécessaires à sa formation et dans le même temps pratique en ligne de manière accélérée. Il a ainsi apparemment joué de mai 2020 à mai 2023 plus de quarante-cinq mille parties en ligne pour seulement deux cents parties traditionnelles en face-à-face. Il est également accompagné par un professeur online et en présentiel. Grâce à ses qualités intrinsèques et à ce cercle vertueux d'apprentissage, il a atteint un classement supérieur à 2300 Elo et, le 17 septembre 2023, a fait sa première norme de Maître International à 9 ans. Une progression météorique.

Le cas de Faustino Oro n'est pas unique. Il est le symbole d'une évolution globale du niveau moyen de la nouvelle génération de joueurs, la génération des millenials. Une génération qui a intégré les réflexes digitaux et pratique le cercle vertueux du savoir échiquéen pour jouer le style de jeu contemporain.

Les chiffres de l'évolution des Grands Maîtres internationaux dans le monde donnent un éclairage concret et irréfutable de l'impact de cette évolution. Porté par la digitalisation de l'apprentissage, la globalisation de la pratique et la médiatisation des échecs, le nombre de GMI a en effet explosé durant les trente dernières années. Il est passé de 400 en 1990 à plus de 2 000 en

2023. Dans le même temps, l'âge moyen d'obtention du titre a baissé considérablement. Cet âge était en moyenne de 35 ans dans les années 1980, de 28 ans dans les années 1990, et est descendu à 23 ans en 2022. Cette évolution laisse imaginer une accélération de ce rajeunissement dans un phénomène darwinien, les millenials excluant les générations précédentes de l'obtention du titre. Quant à l'impact de la globalisation, il se traduit directement par le nombre de pays ayant un GMI. En 2023, ils sont 90 dans le monde. Ici aussi, on doit s'attendre à une progression constante de ce chiffre.

Si les échecs sont reconnus comme un étalon de l'intelligence, cela signifie-t-il que l'humanité serait devenue plus intelligente, plus jeune, partout ?

En fait, cela démontre surtout que la digitalisation et la globalisation du monde des échecs ont permis à une nouvelle génération, plus adaptée au monde contemporain, d'accélérer et de transformer son mode d'apprentissage et son style de jeu. La conséquence étant l'atteinte plus rapide d'un niveau de compétences très élevé. Ce phénomène n'est d'ailleurs pas limité aux Grands Maîtres, il est sensible dans tout l'écosystème des pratiquants du jeu. Il crée même un véritable schisme générationnel en rendant obsolètes les anciens grands joueurs.

Si l'on projette l'expérience du monde des échecs dans la société civile, il est possible d'en tirer des conséquences sur le modèle éducatif actuel. En effet, comme aux échecs, la connaissance universelle est aujourd'hui accessible par un simple clic. De même, les théories ne sont plus exclusivement entre les mains de quelques spécialistes experts dans leur domaine et reconnus pour leur diplôme ou leurs publications. Elles sont aussi issues d'une multitude de sachants, reconnus pour leur expérience et leur pertinence par la sphère internet. La mise en pratique, quant à elle, n'est plus seulement limitée à la salle d'étude, elle s'est transportée sur le smartphone, la tablette ou l'ordinateur. Phénomène d'ailleurs amplifié par la crise mondiale du covid. Comme aux échecs, l'apprentissage doit donc devenir un cercle vertueux du savoir permettant à chacun de manière individuelle de construire son propre parcours éducatif pour, comme le dit Jacob Aagaard, travailler sur ses faiblesses de la manière qui convient à chacun, travailler sur ses forces de la manière qui rend heureux.

Dans le même temps, l'évaluation doit être, comme aux échecs, un outil de mesure individuelle basé sur une norme collective. Elle doit permettre à chaque élève de se comparer à une norme, de se fixer des objectifs individuels et de mesurer ses propres progrès dans le temps. L'évaluation n'est plus ainsi un outil de comparaison aux autres, mais un outil de comparaison par rapport à soi-même, un véritable outil de progrès individuel évitant le jugement collectif stigmatisant.

Néanmoins, l'expérience de l'évolution actuelle des pratiques de la jeune génération dans le monde des échecs doit nous alerter sur un risque réel. Elle démontre en effet que la dictature du résultat et de la performance immédiate peut déséquilibrer le modèle d'apprentissage. Ainsi, la pratique répétitive, source de plaisir et de performance immédiate, se fait parfois aux dépens de l'acquisition de connaissances, source de travail mais aussi de performance à plus long terme. La grande liberté offerte par le monde digital qui laisse une bien plus grande autonomie à l'individu, nécessite donc obligatoirement un accompagnement dans ce nouveau modèle d'apprentissage.

Le rôle des professeurs d'échecs qui diffusent la connaissance et les théories demeure donc central. Cependant, ce rôle doit impérativement se transformer en un accompagnement individualisé de chaque élève pour lui permettre de construire son propre parcours éducatif. Un parcours qui équilibre travail et plaisir pour atteindre la performance maximale. Le professeur doit devenir un véritable coach.

En projetant cette problématique échiquéenne sur le monde de l'éducation, on peut légitimement se demander s'il ne devrait pas évoluer dans la même direction. Comme dans les échecs, la connaissance et la théorie sont disponibles en ligne. Comme pour les échecs l'apprentissage permet d'acquérir l'ensemble des réflexes nécessaires à une future vie professionnelle performante. Alors pourquoi ne pas repenser un modèle dans lequel chaque élève aurait lui-même à rechercher la connaissance, guidé par un professeur coach qui l'accompagnerait dans un parcours éducatif individuel ? Un parcours qui lui permettrait par ailleurs de découvrir le secteur d'apprentissage qui lui donne le plus de plaisir. Un véritable cercle vertueux où la connaissance, la théorie, la pratique et l'accompagnement individualisé constituent un modèle futur d'éducation augmentée. Un modèle qui émerge d'ores et déjà dans le monde des échecs mais qui peine à faire sa place dans le monde de l'éducation.

3.5 L'humain augmenté

Pour la quatrième[30] fois de l'histoire de l'humanité, une révolution technologique entraîne une révolution industrielle et aboutit à une révolution de la société. Inspiré ou contraint par la globalisation et la digitalisation, chaque individu comme chaque institution sur la planète doit s'adapter à ce nouvel environnement. Cela se traduit par l'émergence de nouvelles attentes, de nouveaux comportements, de nouvelles peurs, de nouvelles théories, de nouvelles crises et de nouveaux centres de pouvoir. Cela se traduit surtout par l'émergence d'une nouvelle espèce d'humains, les « digital natives », au même moment où Deep Blue a initié la conception d'une nouvelle espèce d'ordinateurs, les « IA ». Et il semble bien que ces deux nouvelles espèces soient en passe de prendre le pouvoir, un pouvoir qu'il faudra accepter de leur confier, un pouvoir qu'elles devront apprendre à partager.

Une nouvelle fois, le monde des échecs témoigne directement de ces changements au travers des prises de pouvoir des générations successives de champions et de leur manière très spécifique d'aborder le jeu. Des « digital converted » aux « digital natives » en passant par les « digital naturals », chacune de ces générations représente une étape majeure de la « digitalisation » de l'humanité

30. Après l'écriture, l'imprimerie et la révolution industrielle.

et symbolise la nouvelle prise de pouvoir d'un segment de population spécifique.

Cette évolution démontre le passage d'un monde traditionnel issu de la révolution industrielle à un monde digital issu de la révolution digitale.

3.5.1 Des traditionnels aux digital natives

Anatoly Karpov, le « traditionnel »

Le monde traditionnel des échecs est bien sûr symbolisé par l'école soviétique et un champion de légende : Anatoly Karpov. Il apprend les échecs dans les livres et avec les académies d'échecs mises en place par l'Union soviétique. Anatoly Karpov suit un enseignement traditionnel basé sur l'étude et l'analyse des parties des Grands Maîtres du passé et une pratique intensive en face-à-face, d'abord à l'intérieur de l'Union soviétique puis contre des Grands Maîtres internationaux.

Surnommé le « Boa constrictor », Anatoly Karpov est parfois considéré comme une synthèse des champions du monde qui l'ont précédé, porteur de la connaissance accumulée depuis le début de la révolution industrielle. Il applique les principes du jeu énoncés par Wilhelm Steinitz, il a le pragmatisme d'Emanuel Lasker et la finesse de jeu de José Raúl Capablanca et y ajoute la connaissance encyclopédique de l'histoire du jeu. On peut dire qu'il est la synthèse, l'archétype du joueur d'échecs du XXe siècle.

D'ailleurs, Vladimir Kramnik, champion du monde en 2000, dit à propos d'Anatoly Karpov : « J'avais une finale inférieure, mais il n'y avait rien de tragique. J'ai joué des coups normaux, et je n'ai pas compris pourquoi est apparue cette position perdante. Même après la partie, je n'arrivais pas à comprendre quoique ce soit. Je faisais pourtant partie du top 10 mondial. C'est l'une de ces rares parties qui m'ont donné l'impression que j'étais idiot, que je ne comprenais rien aux échecs. (...) Il m'est encore difficile de décrire ce moment. Il y avait quelque chose d'imperceptible. En quelque sorte, c'était l'esprit de Karpov qui rayonnait... ».

Vainqueur de 166 tournois, Karpov était considéré à cette époque comme le joueur le plus complet de l'histoire. *Europe Échecs* écrit d'ailleurs en 2009 : « Si l'intelligence porte un nom, ce sera définitivement celui de Karpov ». Et pourtant, Anatoly Karpov, « le traditionnel » perd son titre à 34 ans contre un champion de 22 ans, Garry Kasparov en 1985. S'ouvre ainsi une nouvelle ère des échecs, l'ère numérique qui porte en son sein les prémices de la révolution digitale.

Garry Kasparov, l'émergence des « digital converted »

Garry Kasparov est le premier champion du monde d'échecs que l'on peut qualifier de « digital converted ». Formé et éduqué dans le monde des échecs traditionnels comme Anatoly Karpov, il révolutionne pourtant le jeu grâce à l'usage de nouvelles technologies informatiques. Il est ainsi le premier champion formé à l'école soviétique à se convertir à l'usage des nouvelles technologies. Il va notamment exploiter intensivement les bases de données et faire appel à la puissance informatique pour révolutionner ses préparations de match. Il est d'ailleurs remarquable de noter que son règne au plus haut niveau correspond à l'accroissement exponentiel de la puissance de calcul des ordinateurs et à l'émergence du premier éditeur de logiciel de bases de données échiquéennes, ChessBase, dont il devient l'un des principaux ambassadeurs.

Fondée à Hambourg en 1985, année du premier titre mondial de Kasparov, ChessBase est une révolution numérique. Ce logiciel met pour la première fois à disposition des joueurs une base de données globale qui offre un accès à l'ensemble des parties jouées répertoriées, il permet l'historisation de ses propres recherches et surtout l'analyse de positions qu'il aurait été autrefois impossible de réaliser. Une disquette puis un CD Rom de douze grammes couvrant des millions de parties d'échecs remplacent ainsi les dizaines de kilos de livres et les quelque milliers de parties nécessaires aux Grands Maîtres pour préparer les compétitions. Néanmoins, l'utilisation de ChessBase nécessitait un micro-ordinateur encore difficile d'accès et le paiement d'une licence coûteuse limitant ainsi son usage aux experts ou aux amateurs aisés.

L'utilisation pionnière de ces outils par Garry Kasparov a ouvert la voie à de nouvelles méthodes d'entraînement et surtout à un nouveau mode de préparation pour les joueurs d'échecs du monde entier. Il ne s'agit plus d'acquérir un maximum de connaissances mais d'acquérir celles qui sont indispensables pour vaincre de manière spécifique l'adversaire du jour.

La défaite de Garry Kasparov face à Vladimir Kramnik en 2000 confirme d'ailleurs en creux cette évolution majeure de la connaissance à la préparation. Garry Kasparov est pris au jeu dont il a lui-même fixé les règles. En effet, Vladimir Kramnik, conscient des forces de Garry Kasparov, a construit son approche du match exclusivement pour le contrer. Joël Lautier, Grand Maître français qui l'accompagne dans sa préparation déclare à propos du déroulement du match : « Nous étions persuadés qu'il fallait éviter les préparations de Kasparov, donc jouer une variante que Kramnik n'avait jamais jouée auparavant. C'était la condition *sine qua non* : la surprise. Par ailleurs, il fallait jouer une variante en l'ayant étudiée à fond, car il faut savoir que Kasparov dispose d'une batterie d'experts en Russie, en Israël, aux États-Unis avec des capacités informatiques énormes (…)[31] ». L'équipe de Vladimir Kramnik est donc consciente de l'avantage considérable de Kasparov dû à la technologie. Elle choisit une vieille ouverture particulièrement complexe stratégiquement, la « Berlinoise » jusqu'alors rejetée car considérée trop dangereuse. Vladimir Kramnik amène ainsi Kasparov sur un terrain où son avantage technologique n'est plus prépondérant.

Garry Kasparov est finalement le héraut de la génération des « digital converted », la génération ChessBase, avec Vladimir Kramnik, Veselin Topalov et Vishy Anand. Une génération qui avec le soutien d'une informatique de plus en plus puissante et rapide et de bases de données de plus en plus larges va régner sur

31. Gérard Desportes, « Joël Lautier, un second couteau dans le dos de Garry Kasparov », *Libération*, 20 novembre 2000.

la planète échecs durant vingt-huit ans. Le temps nécessaire pour voir naître la révolution digitale et pour une nouvelle génération de prendre la main.

Magnus Carlsen, un « digital natural » précurseur

Surnommé le « Mozart des échecs », Magnus Carlsen n'a que 6 ans quand Deep Blue domine Garry Kasparov, et 10 ans lorsque ce dernier s'incline, en 2000, face à Vladimir Kramnik. Il est né pendant la révolution numérique des échecs, sous le règne des « digital converted » et il va grandir en intégrant la révolution digitale dans sa préparation et dans son jeu. La fin des années 90 et le début des années 2000 voit l'informatique personnelle se démocratiser, les modules d'analyse se vulgariser et le jeu en ligne se généraliser.

Magnus Carlsen a certes appris avec les livres, il est d'ailleurs connu pour avoir une connaissance encyclopédique du jeu d'échecs. Il est notamment capable de reconnaître plus de dix mille parties de ses grands prédécesseurs. Mais pour son apprentissage, il a également eu accès dès l'adolescence aux outils informatiques de dernière génération. Et il fait partie de la première génération qui a pu pratiquer en ligne sur les sites et les plateformes de jeu. Magnus Carlsen est trilingue, si sa langue maternelle est les échecs traditionnels, il a appris et parle couramment le numérique et le digital. Il deviendra champion du monde comme Garry Kasparov à 22 ans en écrasant Vishy Anand qui en a 43. Il aura fallu une génération pour assister à la prise de pouvoir des « digital naturals » dans le monde des échecs.

Fort de son parcours de vie échiquéen aux confluents de trois mondes, Magnus Carlsen a naturellement intégré le soutien considérable que les bases de données et la puissance de calcul informatique peuvent apporter. Il sait aussi que ces outils sont désormais à la disposition de tout joueur d'échecs et qu'ils peuvent s'entraîner et se préparer indéfiniment en ligne. Il choisit donc de positionner son jeu sur un terrain totalement différent de ses prédécesseurs. Il refuse de rentrer avec son adversaire seulement dans un combat purement théorique, c'est-à-dire préparé en amont avec le soutien des modules informatiques. En effet, il considère que cela l'amènerait finalement à jouer contre un ordinateur qui par définition lui est supérieur. Il prend ainsi le contre-pied de la génération des Kasparov, Kramnik et Topalov « digital converted » en développant un style universel et en positionnant finalement son jeu sur un combat humain. Il identifie bien sûr les faiblesses de son adversaire en utilisant les outils numériques à sa disposition mais il cherche surtout à le sortir de sa zone de confort informatique, en lui posant sans cesse de nouvelles questions comme autant de problèmes à résoudre jusqu'à provoquer la faute.

Magnus Carlsen représente parfaitement la génération des « digital naturals ». Il a non seulement réussi à synthétiser le monde traditionnel, le monde numérique et le monde digital mais il annonce déjà le changement de monde en cours. Il est un véritable précurseur de la génération à venir.

À ce titre, la renonciation à son titre de champion du monde peut être considérée comme l'acte d'un lanceur d'alerte. Il remet d'abord en question le système traditionnel du championnat du monde classique qu'il trouve trop lourd. En effet, celui-ci est organisé autour d'un match entre le tenant du titre et le candidat qualifié par la FIDE, exclusivement basé sur des parties longues de cinq à six heures par jour durant trois semaines. Il refuse en outre de consacrer plusieurs mois à la préparation de ce match perdant ainsi l'opportunité de simplement jouer aux échecs dans les différentes compétitions et tournois durant cette période. Il a compris l'inadéquation entre le modèle proposé, trop rigide, trop long, trop traditionnel et les attentes de la nouvelle génération de joueurs d'échecs.

Magnus Carlsen, en renonçant à son titre, acte également la puissance du nouveau modèle. Un modèle fondé sur un accroissement des tournois en face-à-face et en ligne de plus en plus rémunérateurs, sur une pratique de plus en plus digitale, sur une appétence de plus en plus forte des viewers pour les parties rapides diffusées online et sur la montée en puissance des nouveaux acteurs digitaux comme chess.com.

Par ailleurs, l'image qu'il renvoie aux autres Grands Maîtres et passionnés d'échecs a eu et continue d'avoir un impact majeur. La notion de parties longues traditionnelles est désormais challengée, ce qui correspond parfaitement à notre monde de temps augmenté. Lors de la coupe du monde en parties longues qu'il a remportée en 2023, il est extrêmement clair sur ce point : « Depuis le premier jour, je me demande ce que je fais là, pourquoi je passe tout ce temps à jouer aux échecs en cadence classique, ce que je trouve juste stressant et ennuyeux ».

Il annonce ainsi l'arrivée d'un nouveau monde échiquéen et de ses nouveaux acteurs, les « digital natives ».

3.5.2 Transversal, global, phygital, du digital native à l'humain augmenté

L'année 1997 bien plus que l'an 2000 marque la véritable émergence mondiale d'un nouveau type, une nouvelle espèce d'humains. Les experts, les économistes et enfin les journalistes et les communicants de tout bord vont rapidement les appeler dans un besoin systématique et très rassurant pour eux de catégorisation, les « millenials », la « génération Z », ou encore les « digital natives ». En fait, bien plus qu'une nouvelle génération quel que soit le nom qu'on lui donne, il s'agit plutôt d'un nouveau modèle d'être humain qui est né et qui s'est construit dans un monde digital.

Un nouveau segment de la population mondiale, avec et c'est encore plus remarquable, une date de naissance officielle unique et partagée, l'an 2000. Ces « digital natives », la terminologie qui semble la plus appropriée pour définir cette véritable mutation de l'humanité, ont le digital comme langue maternelle. En effet, en utilisant une tablette ou un smartphone bien avant un stylo ou un pinceau, ils ont appris à lire et à écrire le digital avant leur propre langue. Cette pratique partagée quels que soient le pays, la région et le lieu leur donne une culture originelle commune.

Pour la première fois, dans le monde entier, une génération va grandir et évoluer en partageant un même langage, un même apprentissage de la communication fondés sur les mêmes outils digitaux. Accessible partout, tout le temps, grâce aux ordinateurs personnels, tablettes et smartphones, un web en perpétuelle évolution va leur offrir des opportunités infinies.

Des sites spécialisés aux réseaux sociaux, toute la connaissance et l'information mondiales, certes sans filtre, sont ainsi accessibles à chacun par un simple clic. Wikipedia, lancé en 2001, est devenu aujourd'hui la plus grande encyclopédie mondiale. Les médias traditionnels, initialement seules sources d'information, sont de plus en plus concurrencés par les blogs et par les posts sur les réseaux sociaux ou encore les chaînes en ligne comme Twitch ou YouTube. Les forums et les réseaux sociaux deviennent les nouvelles agoras en ligne de multiples communautés dans lesquelles la voix de chacun devient audible. L'information et la connaissance ne sont plus l'apanage de modèles propriétaires, comme les programmes informatiques, elles deviennent open source.

Pour la première fois, une génération va pouvoir accéder à la connaissance et à l'information globales en temps réel. Pour la première fois, une génération va pouvoir s'informer, communiquer, échanger quasiment sans barrière de langue ou de frontière. Pour la première fois, une génération va vivre avec une notion d'information augmentée indispensable à la compréhension d'un monde en effervescence permanente.

Des tutoriels spécialisés aux cours en ligne des plus grandes universités mondiales, toute la formation est désormais disponible sur demande. Harvard ou l'université de Shanghai offrent l'accès à leur cours à distance. Du Collège de France à TEDx, l'offre de conférences en ligne est pléthorique. Les entreprises proposent aujourd'hui à leurs collaborateurs de se former directement sur LinkedIn ou d'accéder à la plateforme de conférences et de présentations en ligne « Top Cream » pour approfondir les sujets qui les intéressent. Il est possible d'apprendre le codage informatique exclusivement sur internet et d'apprendre à cuisiner sur TikTok. Au-delà du modèle d'éducation traditionnel, chacun peut désormais, à la demande, trouver la formation qu'il désire ou approfondir ses connaissances directement sur internet. La formation comme l'information est passée du modèle propriétaire au modèle open source. Pour la première fois, une génération entière peut ainsi construire son parcours de formation pour l'adapter à ses besoins spécifiques. Pour la première fois, une génération va vivre avec une offre de formation augmentée, nécessaire à son adaptation permanente aux évolutions de la société.

Finalement, la génération des « digital natives », grâce à cette évolution de l'accès à l'information et la formation globales, est entrée dans un espace-temps augmenté. Un nouveau monde issu de la révolution digitale qui nécessite plus de flexibilité, plus de curiosité, plus de recul et de sens critique, plus de pragmatisme et plus d'adaptation, en un mot, plus de maturité que les générations précédentes qui se contentaient de suivre les modèles établis dans un monde, finalement très stable.

Leur conception du monde est à l'image du monde digital, global : simple, rapide, transparent, fluide et orienté sur les besoins. Leur monde est transversal et non plus vertical. Le digital n'est pas comme pour les générations précédentes un outil ou une interface, c'est un ingrédient de leur vie au quotidien. Ils font la synthèse entre le monde traditionnel et le monde digital, online et offline sont totalement fusionnés. Ils choisissent finalement le meilleur des deux mondes en fonction de leurs besoins du moment. Ils sont, par exemple, les principaux consommateurs de musique en ligne sur Deezer ou Spotify et n'hésitent pas à dépenser une fortune pour assister aux concerts de leurs artistes préférés.

Leur monde est « global ». Le digital n'a pas de frontière et l'usage qu'ils en font les ouvre naturellement à une exposition mondiale. Des jeux vidéo en ligne comme League of Legends ou Fortnite en passant par les réseaux sociaux, les plateformes de vidéos à la demande comme Netflix ou Disney, l'offre et la consommation sont globales. Les « apps » n'ont pas d'origine ethnique et s'utilisent souvent, comme pour Uber ou Waze, pour n'en citer que deux, partout dans le monde. Les émoticônes et les gifs sont devenus une langue universelle et sans limite d'âge. La monnaie est virtualisée et les moyens de paiement globaux. Paypal ou Alipay couvrent quasiment tous les pays du monde. Les plateformes de vente en ligne, d'Amazon à Alibaba, sont accessibles partout. L'accès aux voyages s'est démocratisé avec la montée en puissance des agences de tourisme en ligne comme Booking ou Expedia qui permettent de réserver en quelques clics un hôtel ou une résidence dans le monde entier. Les codes et les modalités d'accès au digital sont universels, la langue ou les frontières n'y sont plus une barrière.

Leur monde est « maintenant ». Face à un monde en effervescence et en perpétuelle et profonde mutation qu'ils considèrent comme anxiogène et en perpétuelle et profonde mutation, dans un monde digital dont ils perçoivent naturellement les risques, les « digital natives » sont fondamentalement réalistes. Pour les générations précédentes, ils peuvent sembler rêver petit, mais c'est par peur de la déception et par souci d'adaptation permanente. Ils pensent que le futur n'est pas prévisible et, de ce fait, refusent de planifier à long terme pour vivre l'instant présent. Ils le vivent d'ailleurs tellement qu'ils considèrent que ne rien faire est inconfortable et que le « multitâche » est devenu leur norme. Leur temps doit être productif. Ils décident immédiatement de ce qu'ils vont faire sans frein et sans état d'âme que ce soit dans le monde physique ou digital. Les outils numériques et le web le leur permettent d'ailleurs de plus en plus. L'iPod est, par exemple, devenu une extension naturelle et généralisée de leur oreille.

Leur monde est « authentique ». Profitant d'un accès libre, open source, à l'information et à la connaissance globales, les « digital natives » recherchent l'authenticité et la transparence. Ils refusent le mensonge et ont d'ailleurs développé un sixième sens pour l'identifier. Ils remettent en question l'existant, la parole des anciens et des sachants et le rôle des institutions qu'ils considèrent comme dépassées, lentes, non inclusives et qui ne tiennent pas leurs promesses. Ils recherchent la pertinence et le sens et valorisent la compétence aux dépens de la fonction, sans que le critère de l'âge soit significatif.

Leur monde est « flexible ». Les « digital natives » remettent en cause les structures hiérarchiques traditionnelles au profit d'organisations plus fluides et flexibles. L'explosion des plateformes de la « geek économie », sur le modèle d'Uber, qui offrent des solutions d'emplois flexibles à la demande dans le monde entier en est une preuve évidente. Il est d'ailleurs intéressant de noter que cette évolution a généré, dans les pays scandinaves, une vraie réflexion avec l'expérimentation d'un véritable nouveau modèle économique. Baptisé « flexisécurité », il s'agit d'une libéralisation totale des contrats et des conditions d'embauche ou de licenciement au profit de l'entreprise et du salarié. Toute révolution industrielle générant de nouveaux modèles économiques, celui-ci pourrait d'ailleurs devenir une norme dans les prochaines années.

Leur monde est « test and learn ». Pour les « digital natives », l'apprentissage est plus important que la formation. L'usage des outils numériques et digitaux a appris à toute la génération des « digital natives » à essayer pour comprendre. Il n'y a pas de notice explicative pour surfer sur internet. Il faut accepter de se tromper pour apprendre et d'essayer pour progresser. Ce mode de fonctionnement très autonome s'appuie sur une véritable confiance en soi qui est une caractéristique majeure de cette génération. Confiance en soi augmentée par la certitude de trouver, en ligne, le tutoriel qui convient. Ajouté à la perte de confiance dans les sachants et dans les institutions, cet état d'esprit au quotidien a bien sûr un impact direct sur le monde d'éducation. Il se doit de laisser de la liberté dans l'apprentissage et de guider l'acquisition autonome des connaissances.

Finalement, les « digital natives » sont fondamentalement différents, difficiles voire impossibles à comprendre pour les générations précédentes parce qu'ils sont déjà adaptés au monde d'aujourd'hui, le monde issu de la génération digitale. Ce sont des mammifères dans un monde encore dirigé et dominé, pour combien de temps… par des dinosaures. Ils attendent juste que le système s'adapte à eux, que le monde finisse sa révolution.

Dans le monde des échecs, la génération « digital native » est facile à identifier. C'est la génération « post-Carlsen », qui en a d'ailleurs annoncé l'arrivée par ses décisions. Ils sont bien sûr nés après 2000 et ont grandi avec un accès immédiat généralisé et facile à tous les outils digitaux échiquéens. L'archétype de cette nouvelle génération est probablement Alireza Firouzja, iranien devenu français, n° 2 mondial à l'âge de 18 ans. Il est l'exemple type du digital native. Il commence à jouer aux échecs avec son frère à l'âge de 8 ans en Iran et devient champion d'Iran à 12 ans en développant son expertise grâce à la sphère digitale en dehors de toute structure institutionnelle de fédération ou de club.

Connu notamment pour ses dizaines de milliers de parties jouées en « bullet », parties où chaque joueur dispose d'une seule minute, il cumule des milliers d'heures de jeu en ligne. Son expertise échiquéenne a été acquise tout autant lors de tournois en face-à-face que par la pratique en ligne systématisée sur les plateformes de jeu. Il est symptomatique d'une pratique « phygital » dans laquelle le digital serait au premier plan. Une pratique désormais généralisée chez l'ensemble des joueurs de cette génération, des amateurs aux Grands Maîtres.

Cet apprentissage en ligne par « test and learn » en jouant des positions réelles permet l'assimilation rapide de milliers de motifs de jeu qui se reproduisent et ainsi l'acquisition immédiate de véritables réflexes tactiques.

C'est un apprentissage par le jeu, qui procure un plaisir immédiat sans passer par le côté ardu de l'acquisition des connaissances stratégiques *via* l'étude des parties des Grands Maîtres du passé. On retrouve ici la remise en cause des sachants, des modèles d'acquisition de l'expertise et la confiance en soi caractéristique de la génération. Cette pratique en ligne, qui peut parfois devenir addictive comme pour les jeux vidéo ou les réseaux sociaux, conduit à une amélioration permanente des capacités de calcul et offre la possibilité de se jauger continuellement. Il s'agit pour cette génération de joueurs de progresser en jouant le plus possible en ligne et en face-à-face dans la mesure où le temps passé est synonyme de plaisir et d'efficacité. Ils privilégient un temps choisi aux dépens d'un temps imposé et la tactique à court terme aux dépens de la stratégie à long terme.

Vladimir Kramnik déclare en août 2023 à propos de cette nouvelle génération : « Ils pensent différemment. Ils sont bien plus concrets. Ils calculent extrêmement bien et font beaucoup moins d'erreurs grossières que nous en faisions (...). La base de notre jeu était la stratégie, aujourd'hui c'est plutôt la tactique car ces joueurs ont appris avec l'ordinateur dès l'enfance. C'est une manière de pensée différente[32] ».

Cette évolution au sein du monde des échecs se traduit d'ailleurs par la prise de pouvoir progressive de cette génération dans les grandes compétitions internationales, nationales et même au sein des clubs d'échecs. Les « digital natives » calculent effectivement plus vite et mieux, font moins d'erreurs tactiques et du fait de l'accès à l'information et à la formation en ligne ont une meilleure connaissance des ouvertures.

Si le monde des échecs est bien le révélateur de l'évolution de la société humaine, l'imminence de la prise de pouvoir des « digital natives » aux échecs serait le révélateur d'une évolution à venir dans la société. Une nouvelle espèce d'humains, globaux, transversaux, phygitaux, multitâches et surtout très autonomes, née de la révolution digitale et naturellement adaptée à un monde nouveau en construction pourrait ainsi devenir le prototype de l' « **humain augmenté** ».

32. Interview FIDE – Championnat du monde rapide par équipe, 28 août 2023.

Conclusion

Au fil de cette étude, nous avons pu confirmer les liens étroits qui unissent le monde des échecs et la société humaine dans l'histoire passée et contemporaine. Les échecs sont bien le miroir de notre monde dont ils constituent un véritable patrimoine. Mais au-delà de ce constat, l'évolution du monde des échecs durant les dernières années nous fournit un éclairage pertinent sur notre présent et notre avenir.

Et si finalement l'an 2000, attendu par beaucoup comme la fin du monde, n'était pas plus simplement la fin d'un monde. La fin d'un monde issu de la révolution industrielle du XIXe siècle et la naissance d'un nouveau monde issu de la révolution digitale du XXIe siècle dont l'origine est contiguë à « l'humiliation » échiquéenne de 1997.

Un monde en pleine effervescence, instable, complexe, difficile à lire, parfois effrayant. Un monde de tensions et de conflits dus à la globalisation et à la digitalisation de la société. Conflits entre États, entre régions, entre pouvoirs traditionnels ou nouveaux pouvoirs issus de la révolution digitale. Conflits entre la génération traditionnelle et la génération des « digital natives ». Conflits éthiques entre intelligence humaine et intelligence artificielle. Ces conflits ouverts ou larvés vont se poursuivre tant que la quatrième révolution industrielle n'aura pas accouché d'un nouveau monde fondé sur de nouveaux équilibres et sur une nouvelle stabilité, tant que les « digital natives » n'auront pas pris la main.

Et si les changements du monde des échecs nous donnaient des clés pour comprendre ce nouveau monde.

Ce monde serait « transversal », fusionnant physique et digital, comme le vivent d'ores et déjà les joueurs d'échecs, ou comme le propose Meta aujourd'hui. Cette approche permettrait de vivre dans un monde de réalité augmentée au service de la médecine, de l'ingénierie, de l'architecture ou de l'éducation pour ne citer que quelques exemples.

Ce monde serait « global », s'appuyant sur une culture mondiale partagée pour fluidifier les échanges qu'ils soient financiers, humains ou professionnels dans un village global comme le prévoit Yuval Noah Harari. Une évolution déjà aboutie dans l'écosystème digitale des échecs.

Ce monde serait « transparent » permettant un accès libre à l'information et à la formation augmentées. Dans le monde échiquéen, lichess.org en est le précurseur avec son modèle open source. Avec plus de soixante millions d'utilisateurs par mois et plus de cinq cents millions de « flashcards » générées, Quizlet est pour sa part devenu l'outil indispensable de plus d'un étudiant sur deux aux États-Unis.

Ce monde serait « flexible ». Porté par les notions de « temps augmenté » et de « multitâche », dans un monde en mutation, il libèrerait les choix de vie épanouissants à court terme aux dépens de planifications rigides à long terme. L'abandon de son titre de champion du monde par Magnus Carlsen en est le meilleur exemple et l'explosion des plateformes de la « geek économie » la confirmation.

Ce monde serait « test and learn » dans lequel l'apprentissage par la pratique et l'autonomie dans l'acquisition des connaissances reviendraient au premier plan. Un monde nécessitant une refonte du modèle éducatif vers une éducation augmentée. Un monde dans lequel l'échec et l'expérimentation sont valorisés. Le monde d'Alireza Firouzja et de la nouvelle génération de joueurs d'échecs. Le monde des Steve Jobs, Jeff Bezos, Elon Musk, Jack Ma, Xavier Niel, le monde digital par essence.

Ce monde est « maintenant », il appartiendrait déjà à ceux qui sont nés avec lui, les « digital natives » et l'Intelligence Artificielle. Même si les changements qu'il induit peuvent paraître inquiétants aujourd'hui, son émergence est inéluctable. C'est un monde porteur de nouvelles valeurs, de nouveaux modèles éducatifs, de nouveaux paradigmes géopolitiques, d'une nouvelle vision du temps, de nouveaux espoirs, un monde augmenté pour les humains augmentés de la génération digitale.

Table des matières

Achevé d'imprimer en novembre 2023
sur les presses de la Nouvelle Imprimerie Laballery
58500 Clamecy
Dépôt légal : décembre 2023
Numéro d'impression : 311450

Imprimé en France

La Nouvelle Imprimerie Laballery est titulaire de la marque Imprim'Vert®

Texte composé par Michel Bouffet,Economica